口説き文句は決めている

夏生さえり

kraken

はじめに

食と恋。

たったその一言で、わたしたちはいろいろなことを思い浮かべる。たとえば、恋人と行った店のこと、振られた日のこと、初デートで行った店が最悪だったこと、好きな人を思いながら作った料理のこと、向かいに座る好意を寄せてくれる人のこと。そして、〝あったらいいな〟な、理想の食事のシチュエーション。

「食と恋にまつわるエッセイを書きませんか？」と話をもらったのは1年前だった。

面白そうだと思うと同時に、そんなにオシャレなお店に行ったことがないし、書けるかしらと不安が頭によぎった。わたしは何を食べてもおいしいと思えるしあわせな舌の持ち主だし、そのうえお店の名前を壊滅的なまでに覚えられない。〝死ぬ前に食べたい最後の晩餐《ばんさん》〟は、いつまでたっても大学の頃から変わらないし（牛タン定食と決めています）、同じお店で同じ食べ物ばかり頼んでしまう。

こんなわたしに、食と恋のエッセイなんて書ける……？　考えを巡らし、そしてふと気づく。

食と恋って、別に〝特別なもの〟だけじゃないよね、と。

〝食〟という言葉は、食べるもの以外に〝状況〟も指すと思う。ある食事を前にすれば、かつて経験した味や食感や匂い、その時見えていた景色や会話、そして考えていたことが不意に蘇ってくる。

わたしたちは生きるために毎日食事をするし、生きるために恋もする。恋も、しようと思ってするものじゃない。必要な時に、必要な分だけの出会いが降ってきて、わたしたちは半ば事故のように（もっとロマンチックに言えば運命的に）、恋に落ちていく。

恋に落ちた日も恋のさなかも恋に破れた日も食事をするから、そのふたつは結びつけようと努力しなくても自然と結びついてしまう。失恋後に泣きながら食べたステーキ定食や、好きな人が作ってくれたおかゆ。そういう、日常的な結びつきを書けばいいのだ、と思った。

本書は、こうして始まったWEBマガジン「アマノ食堂」の連載『ティファニーで朝食を食べられなかった私たち』に、書き下ろしをプラスして完成したものだ（連載タイトルの由来は75ページに書かれているのでぜひ読んでほしい）。

実際の思い出、それから、いつか体験したい食と恋の話。いろいろな物語を楽しみながら執筆しているうちに、いつの間にか書籍になっていた。

「妄想」もたくさん詰め込んでいるせいで、だいぶ甘い書籍になっているかもしれないけれど、太らない糖分補給だと思って、最後まで楽しんでもらえるととても嬉しい。

そしてこの本をぱたんと閉じた時、あなたが持つ食と恋の思い出がふわりと立ち上がるような一冊になれますように。

目次

第2章

家ごはん

第3章

四季と食

第1章

外ごはん

口説き文句は決めている

もし男になったら好きな女の人をこうやって口説こう、と思っている言葉がある。それがこれだ。

「きみは他とはぜんぜんちがう」

口説く場所は、いやらしくないBarと決めている。いやらしくない、というのが重要で、あまりに灯りが少なすぎたりあまりに夜景が綺麗だったりすると「あぁ今日は口説かれるんだな」と勘付かれてしまう。

一軒目にこじんまりとしていて親しみやすい居酒屋でごはんを食べ、「このあとどうしようか」と話したあとに「そういえばこの辺に昔先輩に連れて行ってもらったBarが」と言って連れて行く（間違っても〝よく行くBar〟や〝昔行ったBar〟とは言ってはならない。他の女の影を見せないのがポイントなのだ）。

メニューを見ても女性が「ひえ」と驚かない程度の値段のお店で、「モヒートがおいしいんだ」など、聞き慣れたカクテルの名前を出す。そして自らはウイスキーを頼み、タイミングを見てこの口説き文句を言うのだ。きっと彼女はグラスについた水滴をひと撫でしたあと、少し首をかしげて「どこが違うの？」と聞いてくると思う。

その時の答えだって用意してある。やや眉をひそめて、重大なことを告げるように「なにもかも」と告げるのだ。

その数分後には彼女はいつもよりも自信に満ちて、目を見つめてくる時間も延びていると思う。いやらしくないBarとtoo muchすぎない口説き文句が、絶対に相乗効果をもたらすとわたしは確信を持っている。

……実はこの言葉にはリアルな思い出がある（なんと妄想ではなく本当の話！）。残念ながら恋の思い出ではないけれど。


思い返せば不思議な話だが、以前電車で友達ができたことがある。

わたしは銀座で友人と飲んだあと電車に乗り、もう少しで当時住んでいた自由が丘に着く、というところで「ずっと一緒でしたよね？」とふたりの男性に声をかけられた。

実は銀座のホームについた時から彼らの視線は感じていて、東横線に乗り換えてもなお一緒なことにわたしも驚いていた。わたしよりもどう見ても年上だったが（後から聞くと40代前半と後半だった）、年齢を感じさせないほどかなりおしゃれだった。

「そうですね。一緒でしたね」と返すと、「その緑のコートが素敵だなって話してました」と大人な口ぶりで話しかけてくれた（とはいえ酔っ払った人がする、ただのナンパだ）。「今から飲みませんか？」を丁重にお断りしたところで、アナウンスが自由が丘についたことを告げる。彼らはしつこくせず、「今度飲みましょう」と名刺をくれ、わたしはそれをよく見る前に反射的に自らの名刺を取り出し「ぜひ」と答えて、電車を降りたのだった。

後日、わたしは彼らと恵比寿で飲んだ。彼らは有名アパレルショップのバイヤーで、ふたりは先輩後輩関係にあること、陽気に話したり声をかけてきたりしたのは後輩のほうで、先輩側はあまり気乗りしていなさそうなこと、ともに結婚していて、別にわたしに対して性的な下心がないことがよくわかった。

酔っ払ったノリで思わず話しかけてしまったのだろう。むしろわたしが実際に恵比寿まで来たことにすごく驚いていたし、「むしろ俺たちが騙《だま》されるんじゃないかと思った」とハイボールを片手に笑っていた。

そのあと先輩男性の提案で移動したのが、レコードのかかるBarだった。Barにしては広めの空間なので妙な緊張もせず、でも大きな声で話すと注意される、程よく大人なお店だった。

酔った後輩男性は何度も大きな声で笑っては店員に注意され、先輩男性はそのたび「やれやれ」という視線をわたしに送った。その後、後輩男性は眠ってしまい、わたしと先輩男性は音楽を楽しみながらポツポツと会話をした。

当時24歳だったわたしは、ちょうど仕事も恋愛もうまくいかないころで、酔いが回ったことを言い訳にとつとつと悩みをこぼし、最後をこう締めくくった。

「でも、みんなそんなもんですよね。だいたい同じというか」

昔は、自分は特別だと思いたかった。〝他と比べて特別だ〟というわけではなく、好きなことがうまくできたり、素敵な暮らしができたり。浮気はされずに愛されて、理想的な自分でいられると疑わなかったというか。

でも社会に出たり人並みの恋愛をしたりすれば、自分はそんなに特別ではないことなんてだんだんとわかってくる。うまくできると思った仕事も上手に進まないし、そう簡単には褒められない。恋人と喧嘩をすれば絵に描いたような嫌な女になったし、時にひどい扱いを受けたこともあった。

結局、〝自分は特別〟なんてことはなく〝ありふれた女（24歳）〟なのだ、とちょうど現実を知り寂しさを感じる年齢だったのだと思う。

「みんな同じなんですよ、きっと」と努めて冷静に、それを悲しく思っていないように伝え、酔っ払って進まなくなったモヒートに浮かぶミントを指で弄んだ時、彼が目を丸く開いて心底驚いているという口調でこう言ったのだった。

「ぜんぜんちがう。きみは他とはぜんぜんちがう」

わかってないな、という顔つきだった。

今となれば、あの言葉がどういう意味だったのかわからない。深い意味があったかどうかさえわからないし、そもそも彼は覚えてもいないかもしれない。それでも、あの言葉とあの表情だけでわたしは簡単に救われた。こういう人と一緒にいればいいんだ、とさえ思った。今でも自分が揺るぎそうになる時にお守りのように思い出す。

彼とは良き友人になって何度か食事に連れて行ってもらった。恋に落ちたり落ちられたりするようなことは一切なかったけれど、状況が違えば恋に落ちていたと思う。絶対に。

「きみは他とはぜんぜんちがう」

この言葉が忘れられない。

そしてこの言葉がさらに効果を発揮する状況を何度も考えてきた。冒頭で紹介したそれが、結論だ。

いやらしくないBarでのこのさりげない口説き文句なら、きっとシャイな人でも言える。

わたしたちが欲しいのはきれいな夜景でも飾りすぎた言葉でもない。押し付けがましくない空間で、とてもささやかな響きを持ち、それでいてとてつもない自信をあたえてくれる、そういう言葉なんだとわたしは思う。

ラーメンの誘惑に負ける夜

今（2016年7月）わたしはスペインに滞在している。すでに1ヶ月以上が経ち、とにかく楽しく生活しているのだけれど、少し日本の生活が恋しくなってきた。最近ぼんやりと帰国後の生活を思い描いていて、どうしても欲しくなったものがある。それが「ラーメンに負ける夜」だ。それも土曜日の。

外出中にお腹が空いて、家でごはんを食べようと決めていたのに誘惑に負けてふらりと入ってしまうラーメン屋。次の日は日曜日だから、どんな種類のラーメンでも思いきり食べられる。そもそも〝誘惑に負けて食べるラーメン〟は「負けた」という罪悪感も相まって、普段の2割増でおいしい。これには多くの人が共感してくれる……ような気がする。

ひとりならいくらでも誘惑に負けられる。今日の食事も明日の食事も自分の自由だから。だからこそ〝ふたりして負ける〟。これが、今わたしの欲しいものだ。

＊

土曜日、彼と昼過ぎに待ち合わせをしてデートに出かける。映画を見たり、彼が買わなければならないというネクタイを見たりして過ごしたのち、「なんだか疲れたね」と言い合って、彼の「今日はお惣菜でも買って帰ろうか」というワンダフルな提案にのってデパ地下へと向かう。

お惣菜屋さんは、楽しい。普段自分では作れないようなおしゃれなものを食べられるし、家で存分にくつろぎながら食べられるというのも魅力のひとつだ。外で食べるディナーもいいけれど、家で少し贅沢をするのはもっと好き。

「これもいいね」「あ、でもこっちもおいしそう」とふたりで目にも体にも嬉しいおしゃれサラダを選び（多分モッツァレラチーズが入っていたり、刻まれたオリーブが入っていたりする）、1～2品くらいは家で適当に作ろう、帰りはコンビニでビールとアイスを買おうなどと言い合ってデパ地下を出て、駅前に戻ったところで不意に目に入る灯り。

そう、魅惑のラーメンだ。


「え、こんなところあったっけ？」

「知らない。できたばっかりかな」

「ちょっと見てみる？」

「何ラーメン？」

「とんこつだ」

「おいしそう」


一瞬の沈黙が訪れ、「ラーメン食べたいね」と視線だけで意思疎通をしあうが、彼が無言でお惣菜のビニール袋を持ち上げ、「これどうする？」と目線を送ってくる。

下唇を噛《か》み、ふたりしてビニール袋とお互いの目を何度か見比べ、意を決して……引き戸に手をかける。

「いらっしゃい」と威勢のいい商売の声。券売機で「ラーメン・並」をピッと押すまでは本当にこれでいいのかと葛藤するものの、「麺、固めで」というころにはもはや心はラーメン一色。誘惑に負けるって最高、とすら思っている。

足元におしゃれなお惣菜（モッツァレラチーズだかオリーブだか）が入った袋を置き、ふたりでハフハフとラーメンをすする。

「うまっ」

「え、めっちゃおいしい」

ウマイウマイとふたりで言い合い、こめかみにほんのり汗をにじませ、ラーメンの汁を飛ばし、敗北感と共に「お惣菜は明日食べようね」と笑い合うのだ。

そのフレキシブルさ。好きなものを食べたい時に食べる我慢しない心持ち。そして当たりのラーメン。足元のモッツァレラチーズへの罪悪感をほのかに感じながらも、その状況を選ぶ自分と彼をなぜか誇らしく思えるはずだ。

夜道を歩きながらふたりで手をつなぎ、「だっておいしかったんだもん」「間違いない。後悔はない」「異議なし」と真面目な顔で言い合って帰る。

そして次の日の昼過ぎにもぞもぞと起き「ちょっと体重い」と言い合いながら昨日のおしゃれなお惣菜を食べるのだ。

「重い体に合う味付けだ」「昼向きの味だ」などと言い合って、ラーメンに負けた自分たちを肯定しあう。そうしてふたりでくすくす笑い、こういうのも悪くないよね、と口に出さずに目配せをするのだ――。

ここまで全て含めて「ラーメンの誘惑にふたりして負ける夜」だ。欲しい。欲しすぎる。

＊

恋人関係において、食の好みが合う合わないはやっぱり重要（少しの違いなら問題ないが、真逆とくればなかなか苦しい）。でも、それよりも重要なのは「食に対する心持ち」なような気がする。

唐突に訪れる「ラーメン食べたい！」の欲に共感し、そんな自由さを許容してくれるような彼とラーメンは、ぜひともセットで欲しい。

では、日本に帰ればそんな夜が手に入るか？　と問われたら、残念ながら答えはNOだ。まぁ、ラーメンだけなら手に入る。ラーメンは裏切らない。いつも魅惑の灯りを灯しているはずだ。仕方ない。帰国したら、ひとり静かに誘惑に負けることとしよう。

おしゃれなお店が嬉しい

先日、街中で男性がこんなことを言っていた。

「彼女にするならいつでも自然体で居られることが大事かな。『居酒屋ムリ』とか言われたらムリだわ」

一方先日、女友達はこんなことを言った。

「元カレがね、『俺、緊張するから得意じゃなくて』って、一度もおしゃれな店に連れて行ってくれなかったの。あれ、結構根に持っているな」

ありのままを肯定する歌が流行ったけれど、わたしは言いたい。たまには「ありのまま」じゃなくてもいいじゃない、と。

おしゃれなお店に連れて行ってくれなかったと言った彼女は、決して贅沢をするタイプの人間ではない。結局のところ問題は「彼がありのままでいすぎたところにあるのではないか」と思うのだ。

時にはこんなシチュエーションがあってもいいではないか。

＊

朝、目が覚め、ふたりでソファと床に寝転がって昼のなんてことのないバラエティ番組を見ている時、彼がぽつりと「今日はおいしいごはんをおしゃれなところで食べない？」と言った。

付き合ってから1年が経ち、同棲を始めてからはあまり出かけなくなった。

普段「動きやすさだけを重視しています」としか言いようのない格好で、家と会社を行き来しているような彼がそんなことを言い出すのは、あまりにも妙だった。現に今だって、腰のゴムが伸びきったスウェットで足の指先まで覆っている。

「えっ、なんで?」

「え? だめ? たまにはおしゃれなところでも行こうかなって」

変だ変だ変だ。浮気か? 浮気の罪償いにいつもより優しくなる男性は多いというし。そんな考えも頭によぎったけれど、勝手な憶測で彼の気を悪くしてしまうのは嫌だったし、そんなことよりも「おしゃれな店に行こう」と言ってくれたことが嬉しく「いいけど」と素直でない返事をして、その日の予定が決まった。

「よーし、それじゃ服を決めないと」と彼は床から勢いよく起き上がる。

「ねえ、おしゃれなお店に行くのはいいけどさ、ドレスコードとかあるんじゃない？」

「うん、そうだろうな……。俺そんなの持ってたっけ……。ドレスコード、スマートカジュアルって書いてある。……スマートカジュアルってなに？」

「し、知らない……」

ふたりで〝スマートカジュアル〟と検索し、描かれたレストランドレスコードマナーのイラストを見て「ジーンズはダメだって」「ジャケット羽織ればいいのかな」「この前着てたアレは？」「あぁ、アレならいいかな？」と顔を突き合わせて話し合う。その時間からすでにデートが始まっているようで、ふたりの心は踊る。

いつもより少し長くシャワーを浴びた彼は、最近つけなくなっていたワックスを髪にしっかりもみこみ、緩みきったパーマを見事に復活させた。

「見て見て、どう?」と洗面所から顔をのぞかせた彼のゆるいパーマは懐かしくて、でも新鮮で、思わず顔がゆるむ。「かっこいいじゃん」と告げると、スッと洗面所へと身を隠し「じゃあ、またパーマかけよっかなー」とご機嫌な声が聞こえた。

「このシャツとこのシャツ、どっちがいい?」と女の子みたいに彼が聞いてくる。「こっち。アイロンかけるから貸して」とシャツを受け取り、アイロンをかける間じゅう彼はそばに座って動きのひとつひとつを見ていた。

「なに?」

「いや、アイロンってこうやってかけるんだなと思って」

「知らなかった?」

「うん。いつもありがとう」

パキッとした薄いブルーのシャツのボタンを羽織った彼が「ボタンとめて」

と甘えてくる。一番上まで止め、ゆっくり視線を上げると彼はふいっと口角をあげ「どう？　イケてる？」と聞いてくる。「うん」と再び素直に答えると、彼は下唇を少し噛んで静かにうれしがった。

先日女子会のために買った新しいワンピースを着て念入りに髪を巻き、ゆっくりと化粧を終えて洗面所から出る。スマホをいじっていた彼が視線を上げこちらの姿を捉える。

「か」

「か？」

「かわ……いい」

えへへと微笑むのさえ恥ずかしく、ありがとうと笑うほどの余裕もなく。ソファに座る彼の元まで走り寄り、彼に抱きついて照れが過ぎ去るのを待つ。

久しぶりに甘くてゆるい空気を存分に味わってから訪れた六本木にあるお店は、料理名が複雑でひとつも覚えられなかった。変わったお皿に乗った変わった料理ひとつひとつに「これどうやって食べるの？」と目を合わせて笑いあったことだけ覚えていたらいいと思う。

帰り道、おいしかったねと散々言い合ったあと、「でも明日は卵かけ御飯が食べたいかな」と彼が笑う。

「ねえ、どうして急におしゃれなお店に行こうなんて思ったの？」と聞くと、彼はこう答える。

「んー、ずっと好きでいてほしいじゃん」

その言葉を合図に、いつもより5センチ高い位置で彼にキスをする。

＊

……結局「ありのまま」でいないことはたしかに「疲れる」ことなのだ。でもだからこそ、ありのままでいることを愛してくれる相手のために、ありのままを少し脱してみる楽しさもあるのではないだろうか？

その方法のひとつが「おしゃれなお店での食事」だと思う。わかりやすく、普段と違う体験ができる。たまにはそういう食事もしてみたい。居心地が悪そうに微笑む彼の姿が、みたい。

まずはありのままを愛してくれる相手を見つけるのが先決だという声は聞こえなかったことにして、今日はこのあたりで。

元恋人を匂わせる飲み物

食とは、文化だ。人それぞれ持っている文化が違うことによく驚く。それもそのはず、食の好みや傾向はその人が育ってきた家庭環境、通ってきたお店、付き合ってきた人たちによって構成されていく。

カレーひとつとってもそうだ。我が家はカレーにバナナを隠し味で入れる家だった。納豆も入れるし、卵も入れる。野菜は大きめのごろごろしたもので、すりつぶして入れたバナナのおかげでこっくり甘い。それが我が家のカレーだったために、友人宅で野菜たちがじっくり煮込まれていて形がなく、そしてやたらとスパイシーだった時には驚いた。

わたしたちは気づかないうちに、関わってきた人たちの食の影響を受けている。食に関して疎い人であればあるほど、その特徴は顕著にでる（ような気がする）。出されたものを「普通」として受け取っているうちに、自分の中で概念ができあがっていくからだ。

ちょっと自分の過去の話をしようと思う。

ずっと前、すごく好きになった人がいた。彼は、いつでも「チャイティー」を頼む人だった。他のものを飲んでいるのを見たことがないほどだった。どこでもチャイティーを注文して、「うちにはチャイティーはなくて」と断られると残念そうにカフェラテを注文していた。

この人がチャイティーを頼むのは、付き合ってきた昔の恋人の誰かがそれをよく飲んでいたからだろうということは、聞かなくてもすぐにわかった。

彼女が飲んでいたそれを一口もらって「おいしい」と気づいてからそれを頼むようになったのだろう。

一度「なんでチャイなの？」と聞いたら、案の定「あ、昔の彼女がよく飲んでて」と言った。言うなよ、正直者め。

当時だいぶ若かったわたしは、ばからしいけれど「チャイティー」に嫉妬した。過去に嫉妬してても仕方ないなんてわかっていても、見たことのない過去の女と過去の彼が、「チャイティーふたつ」と注文し、ふたりでチャイティーの独特な香りを口いっぱいに広げ、ふたりにしかわからない会話をしていたことに悶々《もんもん》とした。

「チャイティーを飲まないで」とかわざわざ言うのが変なことはわかっていて、けれど見過ごすにはわたしは子どもすぎて、彼が注文するたびに「またチャイですか?」と茶化した。もちろん彼の注文には別に深い意味はない（と思う）。ただ、彼女といるうちに築かれた文化をそのまま継承しているだけなのだ。わかっている。わかっていても、嫉妬した。別れた女の影がちらつく気がした。

そんな当時のわたしがしたのは、毎回〝アールグレイ〟を頼むことだった。最初のころ、彼は〝アールグレイ〟をよく知らなかったようだったけれど、だんだんと覚えていった。わたしが〝ダージリン〟でも〝カモミール〟でもなくアールグレイが好きなことを覚え、注文する前に「アールグレイでいい?」と聞いてくれるくらいにはなった。

そのくせ、「おいしいの?」と聞かれると「ひみつ」と答えた。無理に一口あげて、「おいしいでしょう?」というよりも、なにか印象に残る気がした。「チャイなんて甘ったるいよ。どんな気分の時でも飲めるのはアールグレイだよ」などと言い、何か特別なもののように見せた。

書きながら、何て面倒で重たい女なんだと思えてきたが、恋愛にはそのくらい相手の記憶に残りたい時があるのだ（……ない？）。

少し話はそれるが、わたしは大事な恋人に、物の名前を教える。特に、花の名前が多いのだけれど、彼らが知らなかった物の名前をひとつ教えるのだ。

「みて、あれ、ハクモクレンっていうんだよ」

「ハクモクレンが大好きでね」

「ハクモクレン咲くのまだかな」

見かけるたびに話す。わたしが本当にその花が好きだからなのだけれど、もちろん邪念も混ざっている。「彼らがその花を見るたびに思い出してくれるといいな」と思いながら、言うのだ。

自分のいないところでも思い出してくれるといいな。もっと言えば、いない季節・いなくなった後も、ハクモクレンを見るたびに思い出してくれるといいな、と思う。季節や花に自分を結びつけて、覚えておいてほしいと、思ってしまう。「ややこしい女でごめんなさいね」と心の中で小さく謝りながら。（ちなみに、わたしの昔飼っていた愛する熱帯魚には「小雨《こさめ》」という名前をつけた。今でも小雨が降るたびに彼のことを思い出す。恋人に限らず、そういうふうに自分と誰かと世界とを結びつけて、生きる時間が長くなるたびに世界が豊かになっていくのが好きなのだ）。

話を戻そう。

「アールグレイ」を彼がしっかり覚えたころ、わたしたちは破局した。理由は複雑だったので省くけれど、わたしたちはお互いに嫌いになることもなく別れてしまった。

そこから数ヶ月後、彼がもうチャイティーに飽きたのだということを不意に知った。代わりに彼はアールグレイを頼むのだという。

もうわたしたちは破局しているから、彼がアールグレイを頼んだからといって喜ぶことも、チャイティーを頼まなくなったことで嬉しくなることもないけれど、彼のこれからの人生の中でアールグレイを選ぶ選択肢が芽生えたことには嬉しさを感じた。

きっと彼が、のちに付き合う女たちは思うことだろう。

「アールグレイを頼む女と付き合っていたんだな」と。

別に嫉妬させたいわけでも彼の未来を邪魔したいわけでもない（もしそれで喧嘩するようなことになったら全力で謝りたい）。この気持ちはとても形容しがたいが、彼の世界に少しでも長く居座れた気がするのが嬉しいのかもしれない。

ちょっと面倒くさくて、ややこしくて、でもそんな小さなことで一喜一憂して。その人の食べるもの・飲むもの・選ぶものが見せてくる「その人の歴史」さえ気になってしまう。そんな恋をしたことを、今でも懐かしく思う日もある。

わたしは、といえば。彼と別れてから、チャイティーを頼むようになった。いや、頼めるようになった。チャイティーとアールグレイたちは知らない。自分たちにそんな歴史が紐付いていることを。

食はその人個人と密接に結びついている。チャイティーを頼むたびに、わたしは今でも彼を思い出す。

何気ない告白

大人になると、物事は「始めるより終わらせる方が大変」らしい。男友達が教えてくれた言葉なのだけれど、その通りだなと思う。

その話を聞いてから、〝何気ない始まり〟っていいなぁと思うようになった。どうせ始めるのが簡単なら、始まりは別に仰々しくなくてもいい。

昔は、〝告白〟を、しっかりがっつりして欲しかった（もちろん今でも、〝プロポーズ〟はしっかりがっちりきっちりばっちりして欲しいと思っているけれど、告白は別）。呼び出されて、どこが好きかとかを緊張した顔で言われて、最後に「付き合ってください」って手を差し出して言われるような告白に憧れた。

でも最近憧れているのは「定食屋での告白」だ（だいぶ限定的だけれど）。

＊

ふたりで何度もデートを重ね、ふたりとも友達以上の雰囲気を感じ取っているものの、なかなか深い仲になれない時。

一緒に映画を見て、感想を言い合いながら「なんかお腹空いたね」と定食屋さんに向かう。デートで定食屋さんに入れるほどのふたりだというのもまたポイントが高い。ふたりとも食べたいものをしっかり言い合って、「俺、生姜焼き食べたいな〜」「え、わたし、魚の気分〜」「あ、じゃあ定食にする？」「名案だ！」とかなんとか言い合って定食屋さんに入る。

いくらデートだからといって、おしゃれなところばかりでは疲れる。大人になってからのデートこそ、どれだけ気を抜いていられるかが大事な気もするのだ。

注文をして、頬杖をついて、彼を見つめる。

ゆるふわのパーマ、ふにっと上がった口角、ボタンをひとつ外した白シャツ、細い指。そのどれもが、自分のものだけになればいいなと思えてきて、思わず感情を込めた眼差しのまま「ねえ」と声をかけてしまう。

「なに？」

……続きの言葉が出てこない。

「あー、えっと。なんでもない」

急いで髪を整え、水を飲んでごまかす。

すると彼の方が今度は頬杖をついて、「なんだよー」と茶化してくる。

「なんでもないってばー」

「そう？　なーんだ」

「ん？」

「僕のこと、好きって言ってくれるのかと思った」

核心を突かれて思わず、「えーなにそれ〜」と笑ってまた水を飲んで誤魔化し、「すごい自信だねー？」とちょっと茶化すように笑うと、「え、好きじゃないの？」などと聞いてくる。

「え」

「え？」

「……いや」

「なんだ、僕は好きだけどな」

ここで乗り遅れちゃいけない。慌てて、なんでもない話をしているように

「まー、わたしもだけどー」と付け足して、また水を飲む。

するとと彼が、ふふっと笑って、手を伸ばして頭をくしゃくしゃっと撫でてきて「じゃ、付き合いましょう」とゆるく告げてくる。

その直後「おまたせしました～生姜焼き定食です～」とアルバイトの女の子が割り込んで、ふたりはふたつ分のお盆の距離だけ離されてしまう。せっかく今、距離が縮まったのに。

「いっただきまーす」と機嫌の良さそうな彼を前に、真面目に「今のはどういう意味？」なんて聞くのも恥ずかしく、ヤキモキしながら魚定食を頬張る。

「そういえば中学の頃さー」なんてどうでもいい話をしながら、頭のなかは混乱して、魚の骨も思わず飲み込んでしまう。

そうしてごはんを食べ終え、ふたりで店をでたところで「帰るかー！」と言いながら彼がとてもとても自然に（前世からそうしていたかのように）手を握ってきて、そこでようやく「さっきのほんと？」と聞くのだ。


「え、なにが？　中学の話？」

「ちがう、好きとか、そういうやつ」

「あぁ、ほんとだよ？」

「そう……そうなんだ」

「定食屋に誓います（笑）」

「なにそれ（笑）」


ふたりでくすくす笑いながら、駅へと帰っていく。ふたりの距離は、定食屋に入る前と後ではぜんぜんちがう。たった40分の食事の間に、ふたりの関係性が変わる。お腹が空いて満たされるのと同時に、ふたりが望む関係になる。

＊

……そういう、何気ないスタートに憧れる！　圧倒的に憧れる！

大人になればある程度の告白は経験したり聞いたりして、告白される前の独特な空気感なんかにも慣れてしまう（ってことない？）。

「あー、今日は告白されるんだな」と身構える暇もなく、何気なくスタートしていく。そっちのほうが、むしろ新鮮で、ときめく。

そして数年後結婚することになって、「ふたりの始まりは、定食屋だったよね」「あの告白はないんじゃない？」「ごめんってー」とふたりが年老いても言い続けたい。

絵に描いたような告白じゃなくてもいいじゃないか。そんな告白がどこかの定食で起きていればいいいな。そう思いながら、ひとり生姜焼き定食を頬張る。来世に期待するしか、なさそうである。

「俺、それ食べていい？」

最近、「男性と一緒に食事に行った時に、キュンとしたことってありますか？」と聞かれ、一生懸命考えてみた。

……そりゃあいろいろと出てくる。

そもそも「キュン」以前に、食事には相手の男性を知るうえでの大事な要素がたくさん詰まっている。

店選びの段階から、メニュー選び。店員さんへの態度や、食事の食べ方。

以前別のコラムで書いたことがあるのだけれど、こちらの体調や状況などを配慮せず「自分の連れて行きたい店一択」でデートを決めているような人は、（それがどれだけ素敵な店でも）人への想像力が不足しているタイプだと感じて先行き不安だなと思ってしまうし、食事のペースを配慮してくれない人もあらゆる場面で〝マイペース〟なので、場合によっては結構困りものだと思う。

なんせ食事は本能にとても近いところにある行為だ。普段隠している諸々が出てきやすい。

わたしは「食」と「性」にはかなりの相関性があると思っている。だから付き合う前の食事ではその男性の所作を一挙一動観察する……と、このあたりを語り始めるとどこまでも長い原稿になってしまいそうだし、なによりわたしと誰もデートに行ってくれなくなりそうなので、多くは語らずそろそろ話を戻す。

食事は、相手を知るうえで大事な行為だ。そして諸々の最低限をクリアすれば基本的にはOK。さらにOKラインのその上に「キュン」があるとすれば、こちらが残した食べ物を見た時に放たれるこのセリフかもしれない。

「俺、それ食べていい？」

または「食べきれなかったら俺が食べるから頼みなよ」とか「おなかいっぱい？　俺、食べよっか？」とか。

決して大柄な人や食いしん坊な人にキュンとするのではない。この言葉には、自分の「罪悪感」や「弱い部分」をカバーしてくれる優しさがあるからときめくのだ。

個人的な話をすると、そもそもわたしは、食事は全部自分で食べきりたい。もりもりおいしそうにごはんを食べきる女の子が好きだし、「そんなに食べるの？」と笑われちゃうくらいに幸せそうにごはんを食べたい。

でも、胃弱のわたしは、ダイエットなんかのせいじゃなく食事を食べきれないことが多々ある（胃弱というあたりに残念な匂いが漂っていることについては、この際黙っておいて欲しい）。

残してしまうことにはもちろんかなりの申し訳なさを感じていて、残してしまった際には店員さんに「決してこの料理がおいしくなくて残しているわけじゃないのです」とアピールするためにも「おいしかったです。ごちそうさまでした」と声をかけるようにしている。それほど「食事を残す」ことには抵抗がある。「ごめんなさい、ごめんなさい」と心でつぶやきながらお店を出たこともたくさんある。

それゆえ「頼みたいな〜」「食べたいな〜」と思うものがあっても「食べきれなかったら？」のほうが気になって頼めない。

スペインに初めてひとりで旅行にいった時も「食べきれなかったら嫌だな」という不安が大きかったので、「持ち帰っていいですか？」という意味の「Me lo puedo llevar?」という言葉だけは暗記して、食べきれなかったら持ち帰ればいいのだと安心して食べたいものを注文した。魔法の言葉かな？　と思うほど、その一言でわたしは心配事から解放された。

日本では「持ち帰り」は基本的にはNGなので、ひとりで食事に行った時も、男性とデートで食事に行った時も、わたしの頭の中では「食べきれるか」がぐるぐると回る。この心配具合は徐々に義務へと変わり、「恋人の実家でお母様が出してくれた食事がわたしの嫌いなものだらけだった！」という時さながらの義務感で食事をこなさなければいけなくなる。

食べきれなかったものを「食べきれないから食べて」と差し出すのは残飯を渡しているようで申し訳ないし、食べきれなかったことを詫びている瞬間も苦しい。

だからこそ「やばい、おなかいっぱいかも」と思っている時に、「食べきれなかった分は俺が食べるよ」という趣旨の言葉を押し付けがましくなく言ってくれる男性は、もはや救世主。「無理しなくていいよ、俺まだ食べられるし」などと付け加えてくれたなら嬉しさレベルは頂点。「ありがとう愛してる！一生ついていきます！」と抱きつきたくなるほどに。

大げさだなぁと思った人もいるでしょう。でも、そのくらい「残す問題」を深刻に捉えている女が、ここにいる。

もしデートの段階であれば、様子を見て「おなかいっぱい？　じゃあ俺それ食べていい？」と言ってあげるといいと思う。

間接キスなんかで盛り上がる年齢じゃないけど、自分が食べたものを「食べたい」と言われるとちょっとドキドキする。

長々と「残した食事は食べてくれー」と願望を綴ってきたので、最後はこのセリフにおける最高のシチュエーションを、こちらに好意を寄せてくれている年下男子相手で妄想して終わりたい。

「それ、僕食べてもいいですか？」

「え、これ？　わたしが食べたあとだけど……？」

「いいの、いいの。……このラーメンも、先輩も好きだしね」

あくまで軽く。しれっと、冗談っぽくこんなことを言われたら……！

さすがにこんなに素敵な男性は現れそうもない。好意を寄せてくれている年下男子を見つけるのも、その男子のおなかに余裕があるかどうかも、またその男子が恥ずかしげもなくそんなセリフを言ってくれるかどうかも、考えれば考えるほど非現実的な気がしてきた。

悲しいけれど、まずはいっぱい食べられる強い胃になるのが、この理想的すぎる妄想から解き放たれる一番の術かもしれない。

映画館は恋のためにある

「映画館は恋のためにある」と、よく確信する。

わたしは、ひとりでも映画館に行く。観たいものがあれば友人を誘うのももどかしく、思い立った時にふらっと行く。だからもちろんひとりで行く映画館の良さも、無論友人と行く映画館の良さも知っている。恋人がいなくたって映画館は楽しい。

けれど、好きな人と行く映画館こそが一番輝いていないか？　と思う。「よっしゃ本領発揮！」と言わんばかりにキラキラと光り始める。

普段気づかない色々が、恋を伴って訪れると、むくむくと起き上がるのだ。何が起き上がるかって？　……そこかしこに眠っている恋の欠片だ。

たとえば。

ただの〝肘掛け〟は、デートの時には不意に手を重ねられて指先が飛び跳ねる場所と化し、予告編が流れている時間は「これ面白そう」「ほんとだ」「公開、4月だって」「今度これ観に行こうよ」と未来の約束をする時間と化す。

映画館にあるものの多くは「恋」において良き影響を与えてくれる。そしてわたしはふとした瞬間に何度も過度に確信する。「映画館は恋のためにあるのだ」と。

一番キラキラ輝く映画館デートはこんな感じ。

＊

まず、日曜日の昼下がりまでたっぷり寝てしまった恋人たちが、手をつないでつけ麺屋さんに行き、「なんかこのまま1日終わるのももったいないし」と映画デートを思いつくところから始まる。

ふたりは指先を絡めて映画館に到着し、ちょっと場違いな格好で来てしまったことを（ほぼ部屋着のような格好をしている）ちょっと恥じながら、ちょうどいい時間帯の映画のチケットを購入する。

「これどんな映画？」

「知らない。アクション？」

と、まぁこんな具合のふたりが「わたしたち適当すぎる」と笑いあいながら「ジュース買お」と、売り場へ行く。

普段ひとりで見る時にはジュースなんか買わない。たかだか1時間半程度くらいジュースがなくても我慢ができる。けれどふたりの時は別。ジュースは、映画館に入るための〝おめかし〟みたいなものなのだ。


「なににする？」

「メロンソーダ」

「え、意外。メロンソーダなんだ。じゃ、俺も」

（余談だけれど、わたしは映画館ではメロンソーダを飲む。映画館で飲み物を選ぶという発想がない。いつも、メロンソーダ。そう決まっているのだ）。

（さらに余談だが、男性が財布を取り出そうとしてチケットを一旦口にくわえる仕草は最高。異論は認めない）。

「ポップコーン食べたい？」

「んー。お腹いっぱいだし、やめとこっか」

「そだね」

いつも「やめとこっか」となっても、必ず「ポップコーンは？」と聞いて欲しい。「ポップコーン食べたい」「要らないでしょ」とたしなめられていた子ども時代と違い、自分が大人になって、さらに大好きな人に甘やかされているのだと実感できるから。

そうしてふたりでちょっと大きすぎるほどのメロンソーダを手にして、シアター内のやわらかな絨毯《じゅうたん》を踏みしめる。

予告編では遠慮なく耳打ちをする。

「これは絶対つまんない」

「わかる」

「あ、これは面白そう」

「あ、でもタイトルがダサい」

「わかる」

特に大好きなのは、予告編の一瞬の息継ぎ。
映画館の静寂にひるんで、ポップコーンを食べるのをやめる少年たち。咳払《せきばら》いを我慢するおじさん。ガサガサと何かの袋を開けていた手を止めるおばさん。この一瞬は何度行っても緊張する。みんなの意識がぎゅっと集まるように思う。その静寂を切り裂くように、彼がぐいっと身を寄せてきて耳もとで小さく言うのだ。

「春になったら、これも観にいこ？」

（こうなるともう恋は爆走。走る走る俺たち。「みんながためらうこの静寂を、この人は切り裂いた！」と思うのがわたしにとっては爆キュンポイント）。

そうして本編が始まってからはずっと指先を絡める。手の甲を撫でたり、ふいに手の甲にキスされたり。映画本編にそこまで思い入れがないからこそ「ちょっと不真面目な態度」で映画を観られるのがいい。

そうして最後、明るくなる直前にメロンソーダの残りを一気に飲んだ冷たい唇で、ふわっとしたキスをする。その瞬間を見ていたようにためらいがちに映画館が明るくなる。

（恋を伴った場合、あの明るさのためらいはキスのためにある。ねえ、そうでしょう？）。

「面白かったね」

「ね。あと、メロンソーダ、久しぶりに飲んだらうまかった」

「でしょう？」

こんな風にしてふたりで映画のどこがよかったのかを語り合って夜道を帰る。これが、最高の映画デートだ。

＊

人生で最初の映画デートは、中学生の頃に『チャーリーとチョコレート工場』

を見に行った時だった（もちろんメロンソーダを飲んだ）。

ろくに会話もしたことのないふたりが観たあの奇妙な世界は、ただひたすらに気まずく、帰り道にクラスメイトの男の子たちと鉢合わせするという最悪な事態に陥って終わった。

手もつながなかったし、もちろんハグもキスもしなかった。あの時は映画館にこんなに恋のきっかけが眠っているとは思いもしなかった。ただただ体を硬くして、目の前の奇妙でラブリーな世界を目に焼き付けていた。

大人になってよかったなと思うことのひとつに、恋を楽しめるようになったことがある。そしてただの映画館が、恋を伴った日だけ姿を変えることに気づけたのも、嬉しい。

あぁ、映画館が恋しくなってきた。それに、おめかしのメロンソーダも。まずはデートの相手を見つけるところから始めなければ。

初デートのごはん

思春期のころは、異性の前でごはんを食べるのが恥ずかしかった。きっと読んでくれているみんなにもそういう記憶があるんじゃないだろうか。

そもそも「口を開ける」という行為が恥ずかしかった。笑う時も手で口を覆っていた（それはマナーの範囲ではなく、どんな類の笑いでも、だ）。口はなにかそういう恥ずかしさが眠るところなのだろう（ちなみに、大人になっても、口元にやたらと気をくばる時は相手に好意がある時だと思っている）。

給食は当然、恥ずかしかった。好きな男子と班（懐かしい響きだ）が一緒になって、給食のたびに机をくっつけなければならない時、どうか口周りが汚れない食べ物でありますようにと思っていた。

なんとか給食で訓練をして、いざ〝初デート〟で〝彼氏〟の前でごはんを食べる機会がきたのは、高校生の時だった。

一目惚れをした他校の男の子で、背が高くて好みの顔で、友達経由でわたしから連絡先を聞いた（残念ながらゆるふわパーマではない）。

なんとかアプローチを繰り返して、メールで「わたしじつは、〇〇くんのことが好きだって知ってた？」と告白をしたら1日返事を待ってほしいと言われた。そのあと返信があった時のことはよく覚えている。

放課後の教室だった。

友達ふたりとお話をしていた時に返信があった。震える手でメールを開くと、「これからよろしくね」と返事があった。ちいさな身体は喜びを受け止めきれず、わたしは「ああああ」とか「ぎゃー」とか言いながら駆け出し、教室を飛び出し、廊下を駆け抜け、学校の門の外まで出たところでようやく落ち着いてもう一度メールを見た。

遅れて友達が到着し「なに、なに、なんだって!?」と聞いてきて、わたしはギューッと目をつぶりながら報告した（なんだこれ、今書いていても甘酸っぱい気持ちになってきたぞ）。

その彼と、初めてデートに行った時。

彼が「おなかすいたね」と言って、たこやきを買ってきたのだ。

大事件、だった。

た、こ、や、き！　思春期にはハードルが高すぎる、たこやき！　口を大きく開けなくてはならない罠《わな》、一口で食べるかかじりつくかどうか悩む大きさ、竹串しかないために半分に切ったりするにはもたもたしてしまう気まずい時間、そして極めつけに店の人が遠慮なく振った青のり！

彼は、わたしとふたりで食べるために6個入りではなく8個入りを買ってきてくれたし、わたしは本当に本当にお腹が空いていたのだけれど、思春期の子が断る理由ナンバーワンでこう言う。

「あ、わたし今お腹空いてなくて」。

彼も彼で「え、あ、そうなの？」と戸惑っていたし、目の前で8個も食べなくてはいけないことにも「なんか恥ずかしいな」と正直に漏らしていたし（ごめんね）、わたしもそのことには十分に気づいていたのだけどそれでも食べられなかった。恥ずかしかったのだ。お腹は小さくグゥゥとなるが、BGMと少ない喧騒に頼ってかき消してもらった。

「ごめんね、出てくる前におにぎり食べちゃってさぁ」とか言ったと思う。

その彼とは、結局半年くらいで別れてしまった。彼がとてもシャイで（またはとてもわたしのことを大事にしてくれて）、わたしたちはキスすらすることなく、思春期のわたしにとってはそれがなかなか悩ましいことでもあり（だって友人たちは次々大人になっていくから）、結局「友達にしか思えなくなった」などと言って別れた。なかなか可愛らしい思い出としてわたしには残っているし、今では彼とは親友になってしまった。

彼には、何かがあるとすぐ電話をかける。わたしが失恋した時も、悩んでいる時も、泣いている時も、電話すると彼は必ず出てくれて一言めで「なんよ、どうしたん？」と聞いてくる。

「なに、なんで（わたしに何かがあったって）分かるの？」と聞けば、「電話があるってことはなんかあったってことやろ」と返信があり、「便りがないのは元気な証拠や」とも言ってくるので彼はわたしの家族かなにかだと今では思っている。

そんな彼とは、1年に1回か、半年に1回くらいは食事にいく（彼は遠方に住んでいるので、連絡は取っていても会うことはなかなかないのだ）。

今ではもう、何ひとつ恥ずかしがることもなくなってしまった。「レッドアイくださ～い！」と大きな声で注文するし、手羽先を食べて手をベトベトにするし、お好み焼きを食べに行けば自ら青のりをたっぷりかけてしまう。

時は人を変えていく。それも悪いことではないけれど、たまにあの日のことを思い出す。道行く若いカップルが、極度に口元を気にしながら食事をしているのを見る時に、わたしもたしかにあんな女の子だったのにと思う。
思春期が懐かしくて、まぶしい。あんなに口元を気にするデートを、またしてみたい。

第2章

家ごはん

幸福な朝食

〝朝食〟という響きには、優雅ななにかを感じる。

ＯＬ時代などは特に、日常で〝優雅な朝食〟をいただく余裕がなく、慌ただしくできあいのパンを頬張った。そんな時わたしはよく〝幸福な朝食〟について考えたものだった。

〝幸福な朝食〟。

そう言われて「世界一の朝食」と評されるｂｉｌｌｓの朝食メニューを想像する人がいるかもしれないし、あの本のタイトルのようにティファニーで食べる朝食を空想する人もいるかもしれない。

でも、わたしの思う幸福な朝食は「目玉焼き」一択なのだ。それも、恋人がつくってくれる目玉焼き。

「恋人がつくってくれる目玉焼き」の良さはたくさんある。

そもそも誰にでも作れるものなので、もし「僕料理なんてできない」と言われてもすぐに伝授できる。「朝食にフレンチトーストを作ろうか？」なんていう甘ったるい男の人よりもずいぶんシンプルだし、朝はただでさえ気だるいからそのくらい質素なほうが心地よい。ジュウジュウと焼く音もいいし、それになにより見た目が好き。生まれたての太陽のような格好をしている。

どんな風に朝食をいただくかも、もちろん重要。

＊

彼はベーコンをしっかりと焼き、その上に卵を落とす。普段はコンタクトだけれど目覚めたばかりなのでまだメガネをかけていて、後頭部には跳ねた髪の毛が残ったまま。たまにぼんやりとフライパンを見つめ、朝ならではの動作の鈍さを見せている。

その彼が卵をコンコンと割るころ、わたしは隣でトーストを焼き始める。同時にお湯を沸かし、ダージリンティーを淹《い》れる（個人的に、朝に相応しい紅茶だと思う）。

火をとめ、フライパンから目玉焼きを移しテーブルに皿をコトと置けば、わたしたちはようやく朝がきたことを実感する。

トーストにバターをすべらせていると、さきに目玉焼きを食べていた彼が「ちょっと火通しすぎたかな」と心配そうに見つめてくる（もちろん寝癖がついたまま）。

わたしは軽く首をかしげ、（どうかな？）というような仕草で一口たべ、目を細めてこう告げる。

「そんなことない。ちょうどいいよ」――。

……これがわたしの思う、幸福な朝食。質素なのに贅沢《ぜいたく》で、最高に幸福だと思う。

ｂｉｌｌｓはまだ混雑しているし、今のところティファニーで朝食は食べられない。

でも、たとえティファニーでの朝食が可能になってもわたしはそこには行かないだろう。〝幸福な朝食〟に必要なのは、住み慣れた部屋とベーコンと卵、それから寝癖のついた恋人だけだから。

＊

そう考えながら、わたしはいつものお店でひとつ１００円のパンを買う。今日も明日も、残念ながら明後日も。

彼に振る舞うオムライス

好きな人がごはんを食べているのを眺めるのが好きだ。

自分はもう食事を済ませてしまった、という状況で彼ひとりがごはんを食べているとなお良い。

おいしそうにごはんを食べる様子は見ている人まで幸せな気分にしてくれるというのは、共感してくれる人も多いだろう。

そのごはんを、自分が作っていたら。もっと素晴らしいな、と最近思う。

特に年下男子。無邪気な年下男子が自分の作った料理をパクパクと頬張る様子を、目の前でにこにこと眺めていたい。ちなみに、〝年下男子〟と限定すると「何歳年下までいけますか？」「年上はダメですか？」なんていう話になりがちなのだけど、これはあくまで〝年下っぽい男性〟という意味合いが強い。

わたしの思い描く〝年下っぽい男性〟は、いつも下手《したて》に出てきて、とにかくあざとい。ストレートな愛情表現が自然にでき、巧妙に「キュン」を仕掛けてくる（恋愛においては、〝気恥ずかしさを取り払える人〟がキュンを制する）。

もしかわいい年下男子に料理を振る舞う機会があるとすれば、作るものはもう決めている。

「オムライス」だ。

オムライスを作ることになるシチュエーションから食べ終わるまでのトップオブ理想は、こうだ。

＊

疲れてマンションにたどり着くと、玄関の前で小さく丸まった黒い物体がもぞっと動いた。

「えっ!?」と声をあげると、黒い物体がパッと顔をあげる。

——年下の彼だった。

彼はのんきな声で「あ、おかえりぃ」と言いながらゆっくりと立ち上がって、抱きついてくる。


こんな風に、彼はたまに仕事が早く終わると勝手に家の前まで来て待っている。合鍵を渡そうと思ったこともあるけれど、住みつかれてしまうのもやや困りものだと考えているうちに躊躇《ちゅうちょ》してしまい、もう半年以上も渡せていない。代わりに「来るなら早く帰ってくるから、事前に連絡してね」と伝えているけれど、いつも家に携帯を忘れたとかなんとかで勝手に家の前で待っているのだ。

「来るなら言ってよ」と呆《あき》れていうと「また家に携帯忘れちゃったんだけど、会いたくって」と返事がある。こういう無計画で無邪気な愛情を渡されるのに、弱い。

「ごめんね、勝手に来て。怒ってる？」という質問には答えずに「寒かったでしょ」と頭をくしゃっと撫でると、上目遣いで「正直寒かった」と言う。

「わたしごはん食べてきたんだけど……。お腹空いてる？」
「ちょー空いてる」
「オムライスでいい？」
「やったー！」

いえーい！　とか、やったー！　とか騒いでいる彼に、「ちょっと静かにして」とくすくす笑いかけて料理の支度をする。

卵を溶いていると、部屋着に着替えた彼が腰のあたりにゆるっと腕を巻きつけてくる。肩のあたりで「卵ふわふわにしてね」と色っぽく囁《ささや》かれ、気持ちが一気に跳ね上がるけれど「わかった。危ないから向こうで待ってて」と極めて冷静に告げる。年下の彼をたしなめるのも、またひとつの楽しみだからだ。

彼は案の定「ちぇっ」とかなんとか言いながら離れ、足元の邪魔にならないところにちょこんと座り込む。

「ソファで待っててていいよ？」

「やだ。料理してるの見るの好きなんだもん」

グレーのスウェットに、少し明るめの茶髪&ゆるふわパーマ。足元にしゃがんでいると犬か？ と思うことが多々ある。一度そう言ってみたら「かわいがってくれるなら、犬もいいかも」とかわいすぎる返答があった。

それにしてもどうしてこんなにかわいく思えちゃうんだろう、と何度も冷静に考えてみたことがあるけれど、結局のところ、ただ猛烈に好きなようだ、という答えにたどり着いて、自分で笑ってしまう。これが恋の病だとか言うのなら、一生治らなければいい。

充分に熱したフライパンに卵を流し込み、ジュウジュウというおいしい音とバターの香りが部屋中に蔓延《まんえん》する。

「これ、持って行って」

飲み物を差し出すと「はぁい」と駆け寄ってくる。こんなに楽しみに待っていてくれるなら、毎日彼のためにごはんを作ってもいいな。手料理は喜んでもらうに限る。待ち遠しそうにされればされるほど、やる気も湧く。

「はい、できた」

皿をコトンとテーブルに置くと、両手をいただきますの形にしたままの彼が、はやる声で「食べていい？」と聞いてくる。

「どうぞ」と告げるより早く、スプーンがオムライスをすくい、あっという間に彼の口に運ばれていく。

「うまーい！」と「うまっ！」とを繰り返しながらほっぺを膨らませてパクパクと頬張っていく。それを両手で頬杖をつきながら、にこにこと眺める。

「慌てすぎだよ」と笑いかけたら、「だってうまいんだもん」と、もごもごとした返答があり笑ってしまう。

彼の「語彙力の少なさ」もかわいくて好きだ。ここで「隠し味が効いているね」とか「いつもよりバターが多いね」とか言わないところがいい。急いで食べ過ぎてほっぺが膨らむところもかわいいし、視線に気づかず一生懸命食べるところもかわいい。さっきから好きなところばっかり数えている。

そっと手を伸ばし、ゆるくかかったパーマヘアを軽く撫で「おいしい？」と声をかけると、「うん。しあわせー」とヘラヘラ微笑んでくる。やっぱり、この笑顔が好きだ。いや、全部好きみたいだ。

気持ちに少しずつ整理がつき、意を決してポケットからあるものを取り出して彼に差し出す。

「鍵、あげる」

きょとんとしている彼をふわふわと撫でながら、わたしは言う。

「これからもっとごはんつくってあげる」

彼の顔がパッと明るくなり、瞬間、オムライスの匂いをまとった彼にふんわり包まれた。

「しあわせだー」

「ね」

そうしてふたりは、さっきの卵よりもうんとふわふわと微笑み合うのだ——。

＊

と、ここまでが「わたしが思い描く、年下彼氏に振る舞うオムライス」の理想の形。玄関前で彼が待っているという展開も、料理中に足元で待たれたことも、オムライスを振舞ったことも、そこからはじまる同棲生活も、どれひとつ一度も起こったことがないのだけれど、でも全部セットでいつかほしい。

もし全部が無理なら目の前でオムライスをおいしそうに頬張ってくれる展開だけでもいい。あまり高望みしているようには思えないのに、なぜか一向に訪れる気配がない。仕方ないので、ふわふわ卵のオムライスの練習だけでも始めておこうと思う。「おいしい?」と「かわいい」を繰り返す未来のふわふわな食事時間に備えて。

仲直りのきっかけプリン

一緒に住んでいる彼が、わたしの好きなスイーツを買って帰ってくる、というシチュエーションに憧れる。それも〝ご機嫌とり〟として。前日に喧嘩をして、仕事帰りに彼がそれを買って帰り、そのスイーツひとつで仲直りをしてしまうのだ。憧れる。

なかには仕事をしているうちに喧嘩をしたことなんてすっかり頭から抜け落ち、（または一晩寝たらどうでも良くなり）、あっけらかんとした態度で話しかけてくる男性もいる。こちらはまだ引きずってムッとしている場合、二度目の喧嘩に発展しかねない。

相性もあるのだろうが、個人的には頭の中に「あぁどうやって仲直りしようかな」と同じくらい考えていてくれると嬉しい。

そして普段から一緒にいるからこそわかる〝好きなもの〟を覚えていてくれて、仲直りのきっかけ作りとしてそれを買ってくる安易な発想が、かわいい。

偏見かもしれないが、女性はあまりモノで機嫌を取ろうとしないように思う。好きなものを買って仲直りをしようというのは、いかにも男の人らしいではないか。そしてその安易な発想に、単純な気持ちで乗っかれるかわいい女になりたい。

＊

2時間の残業を終え、同期と駅まで仕事の話をしながら帰り、腕時計を一瞬みた……その時間の隙間に、彼のことを思い出す。

――喧嘩、してたんだった。

ズンと体に何かがのしかかり、深いため息をつく。同期を見送り、改札をくぐったところで携帯を急いで取り出したものの彼からのメールは一通も入っていなかった。

昨晩の喧嘩は些細なものだった。こちらも意地になっている、とわかってはいるものの、どうしても折れる気になれなかった。あんな言い方ないじゃん。彼も彼で頑固だし、なかなか気持ちを切り替えられないところがわたしたちはよく似ている。そんなところより言葉に気を使うところが似ていればよかったのに。

何度も帰宅の瞬間を思い描きながら帰路につく。

明るく「ただいま」と言おうか。それとも何か意味深な含みを込めて、聞こえるか聞こえないかの大きさで「ただいま」を言おうか。……許せないか、と問われたらそこまでではないのに、素直に仲直りをする気になれないのはどうしてだろう。こんなことでいつまでも怒っているのはよくないと、頭の片隅ではわかっているのだけれど。

どんな「ただいま」を言おうか答えがでないまま家につき、曖昧な言い方で「ただいま」を言うと、これまた気持ちの読めない曖昧な「おかえり」がリビングから聞こえてくる。

部屋に充満する重々しい空気を断ち切るようにテキパキと動き、部屋着に着替える。手を洗い、彼の方を見ずにリビングへ入り、さぁ冷たい飲み物でも飲もうと冷蔵庫を開けた時、ふと〝それ〟の存在に気づく。

「あれ、このプリン……」

冷蔵庫の真ん中に居心地が悪そうに佇《たたず》んでいるひとつのプリン。それは、最近のわたしのお気に入りのもので家からやや歩いたところにあるスーパーにしか売っていない品物だった。

「どうしたの、これ」と冷蔵庫の黄色い光を顔に浴びながら、ソファに寝転がっている彼のほうに視線を移すと、彼とパチリと目があった。

前髪が伸びて目にかかり、やや悲しそうな目つきに何か言いたげな口元。ふいっと目を逸らした彼は、再び携帯を手に取り、「帰りに買ってきた。昨日ごめん」と、一息に言い切った。

そんなへたっぴな謝りかた、ある？

あまりの不器用さに、思わず笑いそうになる。

わざわざ仕事終わりに買いに行ったんだ。仲直りの口実に。……そう思うと口元が緩んでくる。

プリンを手に取り、ソファのすぐそばで蓋を開け、ひとくち食べる。

「おいしい」

スプーンでさらにひとくちすくい、彼の口元へ運ぶと目をしっかりと合わせながらぱくりと頬張った。

「うん、うまいね」

その一言が部屋の重々しい空気を振りはらい、彼は起き上がってゆっくりと手を伸ばし無言で髪の毛を撫《な》でてくる。振りはらいもせず、受け入れもせず。体をかたくしたままプリンを食べていると、口の中に甘さが広がり何かがほぐれていく。

そうして優しい甘さのプリンを半分ほど食べたところでようやく心にも優しさが満ちてきて、プリンを見つめながら小さな声で「ごめんね」と告げる。

彼は「うん、僕も」と言い、それよりも重要なことを言う口ぶりで、「ねぇ、もうひとくちちょうだい」とねだってくる。

「やっぱりおいしいね」

「なんで近くに売ってないのかな」

そう言い合って、最後のひとくちを食べ終わる。

「おいしかった、ありがとう」と満面の笑みでキスをしたころには、部屋はすっかり優しくて甘い空気に満ち満ちているのだ――。

＊

彼女の好きなものを覚えておいてご機嫌とりに買ってくるかわいい男。スイーツひとつで機嫌を直す、かわいい女。このくらいの単純さに心底憧れる。きっと甘いものには優しさの成分みたいなものが入っているのだろう。些細な喧嘩であれば何が悪かったかなど話し合うことをせず、彼が買ってきてくれたスイーツがくれる優しさだけで解決してしまいたい。

ただしこんなシチュエーションに憧れているわたしには大きな問題がある。そもそも甘いものがあまり好きではないのだ（！）。

甘くない食べ物で機嫌を直すこともできなくないが「わあ、わたしの好きなポテトチップス！」なんて、全然ちがう。そういうわけでいつまでも単純な女にはなれず、スイーツから優しさももらえず、そもそもそんな恋人もいない。仕方なく、今日もひとりお気に入りのポテトチップスを買いに行く。いつかスイーツひとつで機嫌を直すかわいい女になりたい、と思いながら。

台所の時空

わたしが出会ってきた女性の中に「料理をしていると心が落ち着く」と言う人たちがいる。それに「料理中に考えごとをするのも好きなの」と。わからなくもない。わたしは料理好きではないが、好きなものを好きな時につくると、心がスッと満たされる。

単調な動作で、包丁をトトトと動かしたり、火を止め、湯を捨て、皿にあげたり。手順があって、それらをひとつひとつこなした結果、きちんと何かが出来上がるというのは心の衛生に良い。

それになぜか慣れた動作をしている時は、考え事が捗る。すべてが完成した時、頭の中の考えがどこかにきちんと片付けられたような気分になることもよくある。

もうひとつ、台所にいるとなぜか「時空が歪《ゆが》む」ような気がするのだ。よく時間の感覚が少しねじれたような不思議な感覚に陥った。

リビングの電気をつけずにひとり静かに台所に立って、簡単に食べられるもの――ゴールドキウイやアボカド、丸ごとトマト、それに茹《ゆ》でたての豆などを味わいながらぼんやりしていると、なぜか未来の自分と姿がリンクしているような気分になる。

未来の自分は誰かの妻になっていて、彼が寝てしまったあとや、彼がなかなか帰ってこない夜に台所にひとりで立ち、何かしらの考え事をしているのだ。

きっと何年か経っても同じような姿で台所に立っているだろう……と妙なリアリティをもって想像できる。と、同時に「きっとわたしだけじゃなく、多くの女性も今こうやって過ごしているだろう」となぜだか確信に満ちた気持ちになる。きっとどこかで今誰かもこんな風に暗いリビングを前にして、料理をしたり何かを頑張ったりしながら考えごとをしているのではないか……？　それは、こんな風に、だ。

＊

彼が「ごめん、帰り遅くなる！」とメールをした時、すでに女性は料理を作り始めていて、それどころか、彼の大好きな生姜《しょうが》焼きをこっそり仕込んでいたところだった。

返信にためらい、何も書かずにホームボタンを押す。（それなら早く言ってよ）と心の中が暗くなる。途中まで切っていた玉ねぎを再び手に持ち、ストン、ストン、と切り落とすと視界がくもり、沸かしておいた湯がグツグツと音を上げるのと同時にイラつきが湧いてくる。

今日は、早く帰ってくるって言ったのに。

火を少し弱めてお湯の音が小さくなると、今度は寂しさがこみ上げる。

同棲《どうせい》を始めて嬉しかったこともたくさんあるけれど、戸惑うこともたくさんあった。今みたいにごはんの支度をしている途中で「今日は遅くなる」という連絡が来る時、仕方ないと思っていても心が沈む。「あとで食べるから」と彼はなだめるように言うけれど、温め直したそれと作りたてのそれは全く違うものだということをきっと彼は考えていない。

料理を作るのは好きだが、それはおいしく食べてもらう姿を見るのも含めてのことで、献立だって「最近疲れ気味だ」という彼が喜ぶものを考えている。きっとそういうことを何ひとつ彼はわかっていないんだろう。

タマネギは後で炒《いた》めようと皿に乗せ、まな板を先に洗う。

まな板に泡をすべらせ、サーッと流しながら（突然約束が入ることもあるよね）と少し自分をなだめてみるがダメだった。だって、今日は早く帰ってくるって言った。そのことにはさっきのメールでは触れていなかった。あの約束さえ、忘れちゃってるんじゃないの？

イライラと、そのイライラに対する嫌悪感と、寂しさと、その寂しさをなだめる考えとが頭の中で混ざる。

視線をチラリと移すと、皿の中でぷっくり膨らんでいる豆が目に入り、（そうだ。この豆を茹でよう）と女性は思いつく。

実家の母親が送ってくれたその豆は、「ハッピー」という単語が入っているキュートなネーミングの豆だ。

乾燥して丸くなった状態で袋に詰められており、一晩水につけるとぷっくりと膨らむ。それらを塩茹でするときれいな緑色のつやつやほくほくの豆となる。今日はこの豆も茹でようと思い、湯を沸かしたのだった。

お腹も空いたし、先にこれだけ茹でて食べちゃおう。沸いた湯に豆を入れ、ぶわっと湧き出るアクを取る。火の加減を調整し、お湯のリズムで揺れる豆を見つめる。

湯の音が激しくなる頃には（わたしだって仕事を早く切り上げて帰ってきたのに）と思い、アクを取る頃には（でもやむをえない事情なのかも）と思い、火の加減を調整する頃には、（こういう時どうしているか、今度同棲をしている友人に聞いてみよう）と考えた。

弱火に変え、静かに豆を茹でていると壁にかけた時計の秒針の音が妙に耳に入った。節約のために電気を消したリビングを見つめ、何を考えるでもなくぼんやりしていると、ゴールドキウイを半分に切って立ったままスプーンですくって食べる誰かの姿とリンクした気がした。同時に未来の自分の姿が不意に思い浮かぶ。

どこかの台所に10年後も立っていて、彼からのメールを前にリビングを見つめる日があるような気がした。それは、少し孤独を感じているけれど、不幸な姿ではないように思えた。

それにしてもゴールドキウイ、最近食べてないな。今度買おう。

思考を現実に戻し、豆をひと粒箸でつまむと、ほどよい柔らかさ。火を止め、皿に移し、ひと粒ひと粒「ハッピーになりますように」と唱えながら食べる。おいしい。やっぱり豆も茹でたてが一番おいしい。彼にも茹でたてを食べさせてあげたいと思うのはわたしのわがままなのか。

途端、玄関からカチャリと鍵が回る音がした。

「ただいま」と彼の声がして、女性は急いで玄関に向かう。

「あれ、遅くなるんじゃなかったの？」

「え？　だいぶ前に送ったメール見てない？　今日はやっぱり、早く帰ることにしたんだ。約束してたしね」

……と、こんな風に。あくまで創作の話にすぎないけれど、きっとどこかでこういう風に誰かを思いながら料理をしている女性が同じ時間に存在しているのではないか、と思えてくる。そしてそういう人たちとは台所という時空が曖昧な場所でつながっているのではないか、と思うのだ。

＊

台所にひとりでいる時、台所に立っているであろう多くの人達を思い浮かべる。「料理中に考えごとをするのも好きなの」といった女性たちのことや、リンクした気がした未来の自分や、遠い誰かのことを思うと、少し安心する。それがわたしだけに起こる現象なのかどうか、わたしは知らない。いずれにせよ台所は現実の世界をよりよくするために心身共に支えてくれる場所なのではないか、とわたしは思っている。

風邪チャンス

いつでも健康でいられたらいいのだけど、人間誰しも体調を崩してしまう日がある。

そう、今まさに風邪をひいています。

こういう時ひとり暮らしというのは寂しい。外にすら出られない日はキッチンにストックしてあるクッキーやら冷蔵庫の中に残っていた卵やらでなんとかしのぐこともある。なぜこんなに辛いのにひとりなんだ……と思っていると、ホロッと泣きそうになる。

こんな時、彼がきて看病してくれたらいいのに、と思う。

買い物をしてきてくれて、冷えピタを貼ってくれて、「ちゃんと寝るんだよ」と微笑んでベッドの脇に座って、眠るまで頭を撫でてくれるような……。

けれど……（そもそも彼氏がいないじゃないかという指摘はひとまず置いておいて）、こんな風に甘い展開が起こるどころか、男性は〝看病〟においてあまり役に立たないことが多い（バリバリ役に立っている人ごめんなさい）。

わたしの父は母の具合が悪い日に〝焼肉弁当〟を買ってきて呆れられていたし、高熱で苦しんでいる時に「薬買ってきて」と頼んだのに旦那が効き目の弱い予防薬を買ってきた！　と怒っていた知人もいた。彼氏が「なんか作るよ」と言ってくれたはいいけれど、台所から何かを落としたような音が聞こえてきて、「もう……自分でやるから……」と選手交代になる話も、よく聞く。

看病することに慣れていないのはわかるけれど、女性だって別に看病慣れしているわけじゃない。親に看病された記憶は同じくらいあるはずなのに、なぜこうも「ちょっと違う！」が発生するのかわからない。

でも「わからない」で済ませるわけにはいかない。だって、これから先も風邪を引いたり具合が悪くなったりする恋人たちはいるはずだから。


わたしは是非とも言いたい。

「風邪の時に活躍できる男子になってほしい」と。


難しいことはできなくていい。

できれば「おかゆ」くらい作れるようになってほしい。

鍋に水をいれて、そこに炊き上がったごはんをいれてあたためるだけで、それらしいものならできる。

卵を溶いて入れたり、梅干しを入れたり、余裕があれば出汁になるような何かを入れたらそれで十分。もっと簡単にしようと思えば、炊き上がったごはんと水を入れたおわんをレンジでチンするだけでいい。お塩をふれば、上出来。

そう難しくないはずだ。

熱の高さにもよるけれど、水分補給のために飲み物とゼリーくらいは買ってきてほしい（冷えピタは家に余っている可能性があるので、買う時は一言聞いておくのが吉）。

おかゆと買い物。このふたつができれば、もう完璧。

「そのくらいなら！　よしっ彼女が風邪をひいた時はがんばるぞっ」と腕まくりをした人にこそ伝えたいもうひとつの〝活躍〟がある。

そばにいないこと、だ。

風邪の時の活躍にはふたつのポイントがある。テキパキと世話をすること、それともうひとつが〝そばにいない〟ということ。それは決して〝放置〟とは違う。心配をしながらも、そばにいないようにする。

風邪の時にひとりになりたい女子がいることを忘れないでほしいのだ。

鼻水がだらだらと流れ、ひどい鼻声にむくんだ顔。いくら信頼して気を許しているからといって、そんな姿を彼の前にさらしたくない人だっている。そんな時に「看病するよ」の押し売りと、いざ来ても役に立たないのコンボが生まれてしまうと、これはもう大変だ。

看病が何のためにあるのかをちゃんと思い出してほしい。ポーズじゃなくて、気配りができる俺、という証でもない。大事なのは、相手が元気になるサポートをすることだ。

わたしも風邪の時はひとりでいたいことが多い。もちろん冒頭で書いたように「看病してくれたらな～」と理想を思い描くことはあるし、手早くおかゆをつくってくれたり、甲斐甲斐しく熱が下がるまであれやこれやとやってくれる彼氏がいたらそりゃあ幸せだと思う。でも、現実がそのように上手くいかないことを知っている。

家に人が来ればどれだけ辛くても気を遣ってしまうし、「寝てていいよ」「僕がやるから」と言ってくれてても気になってそわそわしてしまう。台所をまじと見られるのも恥ずかしい。

さらによろしくないことに、どれだけつらくても人がいるとちょっと気丈に振舞えるもので、それが風邪の体には毒だったりする（治りが遅くなる）。だから「看病に行こうか？」はいつでも断ってしまう。本当は何か買ってきて欲しいのに、「何か買っていこうか？」も断ってしまう。何か買ってきてもらったくせに家にもあげずにすぐに帰ってもらうのは悪いな、などと思ってしまうのだ。我ながら、頼り下手。けれど、そういう人は多いんじゃないかな、とも思っている。

看病に行こうか？を断ってしまう……そんな彼女にとって、一番嬉しいやりとりはこれだ。

「看病に行こうか？」

「ううん、大丈夫」

「っていうと思った」

「え？」

「食料買ったから、ドアの前に置いといた。必要だったら食べてね。つらくなったらいつでも電話して」


はい、これです。

押し付けがましくなく、けれど頼ろうと思えば頼れる範囲にいてくれること。これぞ、〝愛〟。

以前、友人の男性が梅干しやドリンクをアマゾンプライムで送ってくれたこともあった。あれも、本当に嬉しかった。優しいなと思った。

重要なのは「何か買っていこうか？」と相手に判断を委ねないこと。気を遣ってしまう彼女であればあるほど「大丈夫」と答えてしまうはずだから。

そばにいない優しさも、時には存在する。

自分が風邪の時、恋人がそばにいてくれて嬉しいと思っても、相手も同じだとは限らない。それは愛情に比例するのではなく、あくまでも個人の感じ方の違いなのだと、覚えておいてほしい（こんなことを風邪をひきながら切実な思いで書いていたライターがいたことも覚えていてほしい）。

そばにいたほうがいいか、いないほうがいいか。どちらにせよ活躍の場があるはず。〝風邪チャンス〟と称して、恋人への愛を深める参考にしてほしい。

恋人たちが素敵な時間を過ごしてくれますように。そんなわたしは、いつか「ドアの前に置いといたよ」からの「やっぱ一緒にいて」とＬＩＮＥを送る展開を妄想しながら寝ます。

紅茶が好きな理由

3年くらい前から、紅茶が好きになった。ブログのタイトルも「雨と紅茶と椅子のうえ」だし、それより前のブログにも〝紅茶〟という単語を入れていた。プロフィールにも〝好きなもの〟として書くようにしている。

そのわりに、わたしは紅茶のことをあまり知らない。「紅茶のおいしいお店はね」などと語ることもできないし、特別上手に淹れられるわけでもない。

なのに、紅茶が好き。

いや、正しくいえば「紅茶を楽しめる心持ち」が好きなのだと思う。

紅茶を淹れる手間をかけられる精神的余裕のある自分。飲んで一息ついて、自分を取り戻すような気分になるあの時間。そういった静かな時間を「良い」と思える心の安定。

いずれも大事にしたいものだから。

ひとり暮らしは、時としてさみしい。

それに、かなり疲弊もする。自分のためにがんばれるようになったのは大人になってからで、学生時代は自分ひとりのために生活を豊かにしよう、などとは思えなかった。

ひとり暮らしを始めたころは、生活音がないのが寂しくて四六時中テレビをつけていた。ごはんを作るのも面倒だったし、ジュースをコップに注ぐのさえ嫌だった（洗い物が出るから）。有り余った時間を豊かにすることができず、ひたすら退屈していた。

当時の恋人には見事なまでに依存し、結局ひとりで暮らすこと自体に慣れるのに2年もかかった。

そんなわたしも歳を重ねるごとに、恋人の有無にかかわらずひとりの時間を愛せる瞬間が増えた。ひとりで考え事をしたり、暮らしにちょっと一手間かけたり。

そうするうちに好きになったのが、「紅茶」だ。

ちょっと〝豊かな暮らし〟とやらをしてみるか、と紅茶を買った。そうしてゴポゴポとお湯を沸かし、きちんとリビングでいただく。

その時間が、自分にとっては新鮮だったのだ。丁寧で、いつものだらだらとした暮らしに少し区切りをつけてくれるその時間が。

いくらその時間が好きだ、と気づいても、実際は日常に忙殺されることがまだまだ多い。

社会人になってからは特に、仕事に恋に、忙しくなった。生活も慌ただしく、ぼーっとしていると一瞬で時間がすぎてしまう。疲れてなんかいない、と思っていても、いつのまにか心は削れているし、世の中のペースに飲み込まれて自分を見失うこともある（そしてそれにすら気づかない時がある）。

気づけば何日も自炊してない！　とか、洗濯物が溜まってる！　とかはザラ。わたしは、いやわたしたち働く女子はきっと日常に飲み込まれることのほうが普通なのだろう、とさえ思っている

だからこそ、日常において「よし、紅茶を淹れよう」と思えるだけでわたしは幸せを感じる。忙殺されていない、自分を取り戻すことを忘れていない、そしてひとりで自分のためにも生きられている、という感覚。

そうして「あぁ、おいしい」と心がほぐれている間じゅう、安心する。紅茶を飲むという行為自体が、わたしにとっては成長の証、心の安定の証だ、と確

認できるから。

こういう「証」を積み重ねて、いつかは誰かのために紅茶を淹れられるようになりたい。心をほぐすのを忘れている彼に、あたたかい時間をあげられるような。そんな人になれたらいいな、と思っている。

こういった意味での「好きな食べ物（またはモノ）」がみんなにもあるのかどうかは知らない。けれど、何かそういう「自分を取り戻す時間」となるようなモノがあるといいなと思う。「雨の日」が好きな理由も同じなのだけれど、この話はまた別の機会に。

疲れて帰った日

フリーランスになってから1年以上が経った。学生の頃のわたしは、将来の自分がこんなに一生懸命仕事に時間を費やすような大人になっているとは想像もできなかったと思う。人間を二種類に分けた時わたしは確実に〝怠け者〟に属すると思う。そのはずなのに、なぜか結構働いている（ありがたいことだけれども）。

きっと、望む・望まないに関わらず、人は自分の性分に合ったものに引き寄せられていくものだと思うから、なんだかんだと文句を言いながらもわたしは今の働き方が自分に合っているのだろうと思っているけれど、やっぱりたまにひどく疲れる。「可愛い子よ、がんばるわたしに癒しをくれぇ〜」とおっさんみたいな願望もわく。

疲れて帰った時に、誰かが待ってくれていたらいいのに。というのはよく願う。一昔前だったら「男みたいな願望だな」と思っただろうけど、今や働く女性が大量発生しているのだ。こんな願望をわたしのような女が持ったっておかしくない（いや、むしろ普通である）。

家に帰って、あたたかい「おかえり」とあたたかいごはんと好きな人の笑顔があるなら、もうそれ以上のものは願わないのに！

＊

ドアの手前で鍵をごそごそ探していると、先にがちゃがちゃっと鍵が開く音がして「おかえりっ」とゆるふわパーマの彼氏が迎えてくれる。部屋着のゆるいロングTシャツを着ていて、「ん、荷物」とわたしの持つ荷物をとても自然に受け取って部屋の中に持って行ってくれる。

「あれ、帰ってたんだね」と聞くと、「今日は早かったんだ〜」と返答がある。

「そっかぁ。疲れてて、早く会いたかったから嬉しい」

素直にそう告げて、ややため息混じりに部屋に入ると、ふわーっといい匂いが漂っている。

「あれ？　なに？　なんか作ったの？」

「あ、うん。おなか空いてる？」

「ちょー空いてる」

「よかった」

ふわふわっと笑われて、心がとろけそうになる。家に帰って、好きな人が迎えてくれて、そのうえおいしいごはんもある。それ以上にしあわせなことってあるのだろうか。

彼が作っているのは、ホワイトシチュー。疲れた日に、なんとやさしいメニューなことか。

「簡単なものだけどね」とちょっと申し訳なさそうに笑う彼を前に、幸福感がどばどばと溢《あふ》れ出る。うわーんありがとー……と半分泣きそうになりながら彼の腰のあたりに腕を巻きつけて、仕上げの様子を見守る。

「ちょっと味見して」
「うわ、おいしい」
「ほんとう？　んー、ちょっと薄くない？」

「ぜーんぜん！　かんぺき！」

すごいぞぉ、えらいぞぉ、うれしいぞぉと声をかけて、ゆるふわパーマをわしゃわしゃっと撫で、彼は、「そうかな〜？」とやや不安そうにしながら、シチューをお皿によそう。

食事を机まで運んだところで、自分がまだストッキングを履いたままなことに気づき、ごはんを食べたいVS着替えてからにしたいの欲求の間で揺れていると、彼が「着替えてきなよ」と声をかけてくれる。

再び「うわーんありがとー……」と溢れる気持ちを声にすると「なになに、普通でしょ？」と彼はあきれて笑う。

ぜんぜん、普通じゃない。わたしは知っている。こういう幸福はありふれているが普通ではない。こんなにしあわせでいられるのは、彼がとびきり優しいからなのだ。

「さいこう！」「あいしてる！」「だいすき！」「一緒にいてくれてありがとう！」「らぶ！」「すきだよ！」

もはや掛け声のように彼に愛の言葉を飛ばしながらさっさと着替え、急いで食卓に戻り「いただきます」をふたりでする。

「わー、おいしい！」
「えー、薄くない？」
「いや、おいしい！」
「そう？」

大人な彼は、調子に乗ったりしない。淡々と、それでいて穏やかに、こちらを包んでくれる。

「洗い物はわたしがするからね」と声をかけると「今日は休んでいいよ」と返答がある。「え、さすがにダメだよ甘えすぎだよ」と返すと「んー。じゃあ、ツケとくよ。今度洗ってね」と言う。

ホワイトシチューのこっくりとした味わいが体に染み渡り、彼へのどっしりとした愛情が指先まで満ち満ちて、体のなにもかもがほぐれていく。彼の細い指がせっせとシチューを口元に運んでいく。

「あのさぁ」

声をかけると、彼が首をかしげて話を促す。

「だいすきだよ」

真剣に告げると、ふにっと微笑まれ、頭をワシャワシャッと撫でられる。

「おれも」

そう返答があり、その日の仕事の疲れなど全部消えていくのだ——。

＊

こういう夜さえあればがんばれる。と、いつも思う。悲しいかな、こういう夜は一度もない。がんばる女の子には、こういう恋人がセットで配布されたらいいのに、と半ば理不尽に怒りながら夜道を歩く。

近所の家からあたたかな食事の匂いが漂ってくる。どこかの家では、幸福な夕食が繰り広げられているのだろう。

いつか幸福な夕食を迎える日が来たら、絶対におろそかになんてしない。ちゃんと感謝と愛を伝える。そう誓いながら、家に帰る。仕事が忙しくなると、感謝と愛がおろそかになる日もあると思うから、今は「誓いの積み重ね」の時期なのだと自分をなだめながら。

第3章

四季と食

振られた後に食べたいもの

3月は、卒業の季節。

この時期になると「卒業式に、好きな人に告白しておけばよかったな」と、いつも思う。

実る可能性は、限りなく低いかもしれない。でも、もう会えなくなってしまうから、今、言わないと後悔する。そしてなにより本当に彼が好きだから。告白する。

……そういう体当たりでまっすぐな告白をわたしはしたことがない。

実際には高校卒業時には好きな人すらいなかったから、そんなイベントはどのみち無縁だったのだけれど。でもやっぱり卒業式の告白に憧れる。

わたしの友人は、高校の卒業式にクラスメイトの男の子に告白してOKをもらい、その日から7年付き合って結婚した。今ではとびきりキュートな娘もいる。卒業の日の告白は夢物語なんかじゃない。本当に「告白する・される」が起こる日なんだ。あぁ、そんな告白大イベントなんて、絶対に体験しておくべきだった（好きな人がいなかったのだから仕方がないのだけれど……）。

きっとその友人のようにうまくいく人たちだけじゃなく、うまくいかない人もいるはずだ。わたしが体験したかったのは、後者だ。

つまり「告白して、振られてみたかった」。

今もし振られて胸を痛めている最中の人がこれを読んだら不謹慎に聞こえるかもしれないけれど、わたしに恋愛関連の後悔があるとすれば「好きな人に告白して振られてみたい」だと思う。

好きな先輩とか学年で1番かっこいい子とかに告白して、見事玉砕。またはいつも行くコンビニのお兄さんに一目惚れして告白。そういう「無理っぽいけど、でも好きだから伝えたい!!」みたいな告白を大人になってから初体験するにはハードルが高すぎる気がして、わたしは結局未体験のままだ。

付き合った人に振られたことはあるけれど、告白して振られたことはない。それって結局、勇気がないか、勇気がなさすぎて気持ちをひた隠しにしているか(それは時に「別に好きじゃない」などと錯覚するほど)だと思う。だから告白して振られる体験は、心にまっすぐな感じがして憧れるし、なにより格好良い。その勇気にスタンディングオベーションを贈りたいほど。

せっかく「告白して振られる」なら、とびきり潔く、そしてとびきりセンチメンタルな感じにしたい。振られ舞台の理想のシナリオを描くならこうだ。

＊

卒業の日、「今日、絶対に告白する」と決めて登校し、式の間は、斜め前のほうに人の隙間からたまに見える告白相手に見とれて、『旅立ちの日に』を歌っている時も歌詞を間違えるほどに緊張する。

最後のホームルームが終わり、みんなが中庭で写真を撮ったり抱き合って泣いたりしている時に、彼を呼びだす。

学年一カッコイイと噂されているその彼は、サッカー部でゴールキーパーをしている。背が高くて細身、爽やかに笑う彼は、わかりやすい学年のアイドルだ。先月のバレンタインでは8つの本命チョコをもらったと聞いた。

廊下に呼び出したために誰が来るかわからない緊張と告白の緊張で、心臓が口から出そうになるその勢いに任せて自分でもびっくりするくらい高い声で「ずっと好きでした」と言う。

即「あー……」と決まりの悪い声が聞こえて、彼は頭をポリポリと掻《か》く。

そしてあっさりと「ごめん、この前彼女ができたから」と言われるのだ。


知らなかったくせに「あ、そうだよね」などと笑ってみせ「言わないと後悔すると思ったからさっ」とちょっと明るく振る舞い、「卒業しても元気でね」などと月並みな言葉を交わしたところで遠くから彼の友達が彼を呼ぶ。


呼び出した時から、「それじゃ」と言われるまで、たった3分程度。

1年以上あたためてきた想いも、カップラーメンが出来上がる時間と同じくらいですぐに終わってしまった。妙に冷静に「こんなもんか」と思い、上履きをキュッと鳴らすほど大きく回れ右をして、きっと中庭でドキドキしながら待ってくれている親友の元に向かう。

友達と写真を撮っていた親友は、こちらに気づいて駆けてきたが、「振られたー」とあっさり告げると、彼女も「そっかー。ま、言えてよかったじゃん」とあっさり言った。

　きっとわたしたちは、最初から結果がわかっていたのだ。「彼女がいる」とか「いない」とか、そんなことはどうでもよかった。だって一度もちゃんと話したこともないし、誰から見ても「脈あり」とは思えなかったと思うし、わたしだって「たぶん無理」と思っていた。

　でもそこに「たぶん」と付け加えたくなったのは、彼のクラス横の廊下を通る時、たまに目があうことがあったからだった。もしかしたら、いや、まさかね、とかちょっと思っていた。目ぐらい、誰とだって合うよ、と自分を笑いたくなる。

「あそこ、行こうよ」と親友が言い、わたしたちは行き慣れたさびれた商店街へと向かう。

「大学行ったらどんな生活かな」とか「あのゆり子が、卒業式では泣いてたね」とか話しながら歩いて、たどり着くのが商店街の奥まったところにあるクレープ屋だ。

「あたし、チョコバナナカスタードホイップ」

「いっつもそれじゃん」

「好きなの。あんたは？」

「んー。あたしはベリーベリーカスタードホイップ」

ほんのりあたたかいクレープを手に、隣にあるベンチに座る。

3口ほど食べたところでようやく生クリームゾーンにたどり着き、添えられたベリーも同時に口に含む。

「あまっ……」

そう言った瞬間、「振られたんだ」と急に自覚した。何の前触れもなく、唐突に。

クレープの包み紙をビリビリ破りながらぽろぽろ泣いて、涙を拭きもせずクレープを頬張っていたけれど、親友はたいして慰めもしなかった。甘さの中に、涙のしょっぱさが混じる。おいしい。

あまりにも彼女が黙っているもんだから、ちらっと様子を伺ったら、「やば、アイライン落ちてるって」と笑われた。

彼女は100均で買った手鏡を取りだして、「ほら、ひどい顔」と言った。

「やばー」

「やばー」

ふたりでそう言い合って、ちょっと笑っていたら彼女が小さく「言えてよかったじゃん」と言った。慰め言葉のレパートリー、それしかないのかよ。心でボヤいて、でもたしかに言えてよかった、とも思った。

……そして数ヶ月後、東京に上京してきたわたしは、大学の近くで再びクレープ屋を見つける。ベリーベリーカスタードホイップはなかったけれど、いちごホイップがあったのでそれを頼んだ。

東京のいちごホイップは、生クリームもいちごも少ない割に高かった。

ひと口食べて「あま……」とひとりでつぶやいてみたけれど、もう涙は出なかった。

＊

と、こんな感じが理想。やたらと細かく理想を描いてしまったけれど、これら全部が理想のシチュエーションだ。

振られたあとに、親友と食べるクレープ。それ以上に女子高校生っぽくて、心を癒してくれる食べ物は他に思いつかなかった。

冒頭でも言ったように、わたしは告白して振られた経験はないけれど、付き合った人に振られた経験ならある。

絶望的だったし、ちょっと腹もたったし、何かに呆れたりもしたし、どうでもよくなったりもした。最後に彼が席を立った瞬間がスローモーションのように蘇った。

でも、その日が突き抜けるような青い空の日だったからか、振るより振られるほうが清々しいんだな、なんて思ったのを覚えている。

せめてその日に親友とクレープでも食べればよかったのだけれど、わたしはその時もう大人だったし、仕事もあったしで、ファミリーレストランに行ってひとりでステーキ定食を頼んで食べた。

「振られた」と親友にＬＩＮＥしたら、「後で電話する」と迅速な返信があった。

振られてごはんが喉を通らなくなるタイプじゃなくて、振られると無理して明るく振る舞うタイプなのだと初めて知った。それはそれで、貴重な思い出としてわたしの中に刻まれている。

うまくいくだけが恋じゃないよな、とか思ったりもした。

「好きな人に告白して振られ、クレープを食べる女子高校生」ではなかったわたしは、「付き合っていた人に振られて、ステーキ定食をひとりで食べるＯＬ」になっていた。前者のような体験に憧れる気持ちも、少しはわかってほしい。

卒業の季節。告白する・される、実る・実らない。どれもきっと、大事な思い出になるんだろう。

そういう時に食べるクレープがどれだけ甘いのか、わたしはもう知ることはできないけど、もし今、卒業を控えていて、好きな人に告白しようか迷っている人がいるのなら、どうかそのチャンスを思い切り使ってきて欲しい。

わたしの分まで、頼んだよ。

理想のピクニックデート

4月は毎年、不思議なほどの早さで過ぎてしまう。

新しい環境や新しい友人たちに馴染もうともがいていると、いつのまにか5月になっているのだ。2月はわたしにとってあんなに長いのに、どうして4月はこうも短いのか。

特に「お花見」と言われるシーズンの過ぎ去る速さは尋常じゃない。「そろそろあったかくなってきたし、お花見を……」と思う頃にはすっかり桜は散っている。桜は腰の重い人をぜんぜん待ってくれない。

みんな、この季節を逃さずにちゃんとお花見をしたりピクニックに行ったりできているのだろうか。

わたしはもう26年間、春のピクニックデートに憧れているが、のろまな出不精なので一度も実行できたことがない。

そういえば、幼い頃に『長くつ下のピッピ』の実写シリーズをよく観ていた。その中で、赤毛の三つ編みをしたやんちゃなピッピが、気球に乗り込んで出かける回があって、彼女はその準備のためにサンドイッチを作って雑にバスケットに入れていた（と思う。うろ覚えだけどたしかサンドイッチ。他にもバナナとかを入れていた）。

その、〝バスケット〟の中に食べ物を入れて持ち歩く、という行為に子どもながらものすごく憧れた。蓋がついていて、なにかわくわくするものが収められているに違いないあの佇まい。そこから出てくるサンドイッチ。

実現することなく大人になってしまったがために、未だ「バスケットから出てくるサンドイッチ」に憧れている。それらを持っていって、芝生の上でピクニックをしたい。もちろん、大好きな恋人と一緒に。

理想のピクニックデートは、こうだ。

＊

金曜の夜遅く、彼と「明日、何しようか」と話していると、彼が「あったかいからピクニックでもしよう」と提案してくる。

「え、ピクニック？」

〝ピクニック〟という単語が彼から出てきたことに少し笑ってしまうが、彼は「明日晴れだって言うし。行こうよ、ピクニック」と子どもみたいに嬉しそうにしている。

「ん、いいよ。じゃあ明日はピクニックで決まりね」と笑うと、「やったー」とか「わーい」とか彼が言い「レジャーシートあったっけ？」と率先してクローゼットをごそごそと漁り始める。

遠足さながらに喜ぶ彼を微笑ましく見ながら、「でも、今日はもう遅いし、寝よ？」と諭し、ふたりで一緒に布団に入って幸せな夢を見る。

朝になり、目がさめると隣に彼がいない。

おかしいな。いつも休みの日は起こすまで寝続けているのに……。いぶかしがっていると、キッチンから彼がひょいと顔を出し「あ、起きた？」と聞いてくる。休日らしい髪型（ワックスがついていない時の髪型の、休日らしさがわたしは大好き）で、「おいで、おいで」と促される。

「どうしたの、朝からキッチンにいるなんて」

「見て、これ」

　彼が指差すのは、ラップに巻かれる直前の、サンドイッチ。

　といってもかなり簡易的な、焼いたパンにレタスやトマト、ハムとマヨネーズなどを挟んだもの（それこそがピッピが作っていたものにそっくりなのだ！）。ちょっとマヨネーズがはみ出ていて、彼の心の弾みが表れているような気がしてくすりと笑える。

「え、なにこれ作ったの？」

「そう！　サンドイッチ、外で食べよ」

　あまりに嬉しそうで、ご機嫌な彼。よく見ると、もう着替えているし（それも最近買ったばかりの白いシャツをおろしている）出かける気満々である。

思わずふふっと笑いながら、彼に「どうしたの、普段料理とか作らないくせに」と言うと、彼はほんのわずかにムッとした声で「ピクニックって言ったら、サンドイッチでしょ」などと言う。

「ピクニックに行きたいからお弁当を作ってくれ」と言ってくる男性には今まで出会ったことがあるが、「ピクニックといえばサンドイッチだから作ったよ！」と言う男性には出会ったことがない。控えめに言ってもかわいい。

「すぐ準備するね」

そう告げて、大慌てでワンピースを頭からすっぽりかぶり、人前に出ても恥ずかしくない程度の化粧を終えて（彼はそのナチュラルメイクでも気づかない）、わずか15分後には「行こう！」と手を取る。

赤と白のギンガムチェックのレジャーシートに、タンブラーに入ったあたたかな紅茶、そしてブランケットと、サンドイッチ。「ついでにこれも」と彼がフリスビーを入れる（これは去年彼が友人とＢＢＱをする時に買ったものであって、決してこちらの私物ではない）。

それら大荷物を大きな紙袋に入れようとするのを制して、普段はインテリアと化しているバスケットを指差す。

「こういうのは、バスケットに入れないと」とちょっと誇らしげに提案して、彼も嬉しそうに「いいね」と言う。

「ピクニックという行為は見た目も重要だ」とか「やっぱりピクニックにはサンドイッチだ」とかそういうことを話しているうちに、あっというまに近所の公園に辿り着く（もちろん理想は、芝生）。

「おなかぺこぺこ」

「食べよう食べよう」

「いただきまーす」

とレジャーシートを広げて、ものの5分後にはサンドイッチを頬張る。

「わ、なにこれ、おいしい」

「でしょー。マスタード塗ってみました」

「……おいしい。さいこう」

そういって口にほんのわずかにマヨネーズをつけたもの同士で春らしいふわりとしたキスをする。普段は外でキスをしようとすると嫌がる彼も「えへへ」とかなんとか笑っている。やっぱりふたりとも、機嫌がいいのだ。春だし、あたたかいし。日差しのやわらかさは心にまで届く。

そのあとはふたりで寝転んで、ブランケットをおなかまでかけ、流れていく雲を見ながら会話する。

それはおそらく、未来を含んだしあわせな会話になる。


「いつか犬飼いたいね」

「あ、いいね。白い犬がいい」

「いいよ。名前は僕決めていい？」

「やだ、わたしだって考えたい」

「じゃあ決まらなかったらジャンケンで決めよう」

「いいよ。3回勝負でもいい？」

こんな会話をして、肌寒くなる前に帰宅する。手元には、サンドイッチと紅茶の分だけ軽くなったバスケットを持って。

＊

あぁ、憧れる、憧れる、憧れる、憧れる！

絵に描いたようなピクニック。映画でしか見たことのない蓋つきのバスケット（を、外に持ち歩く光景）。そしてピクニックデートを面倒臭がるどころか〝率先して準備しちゃうような恋人〟。

どうしたって、そのピクニックに最適な季節を逃しがちなわたしだけど、いつか必ず春の陽気をすみずみまで味わえる大人になりたい。その日のために、大きめのレジャーシートとバスケットくらいは用意しておこう。

バスケットが埃《ほこり》をかぶる前に、ラブリーな恋人が現れますように。

夏を待ちわびている

夏が来る。徐々に暑くなってきて、夏の気配がじんわりと広がり始めたように思う。

夏だ！ 夏！ 夏が来るよ、みんな！

急にテンションがあがってしまうくらい、わたしは夏が好きだ。正しく言うと、「夏を待ちわびる季節」が好きだ。梅雨前から梅雨明け直前までの時期。みんなが「早く夏にならないかな」と待ちわびて、テレビでもプールのＣＭが始まるあの頃。浴衣や水着が徐々にショッピングモールに並び始める。この時期が、最高に好きだ。

夏そのものが一番好きと言えないのは、単純に暑いから。夏が来る直前までは「早く！」と思っているのに、実際夏になると「え、こんなに暑かったっけ……」とぐったりする。毎年、予想以上に暑い。

わたしのように体力のない人間が夏を全身で満喫できるはずもなく、大体の場合は涼しいところから活気付いた世界を眺めている。または床の冷たいところを探してゴロゴロと転がっている。その夏の楽しみ方も悪くないけれど、「夏を待ちわびる時間」のほうがやっぱりいい。まだ暑くないうえに、ワクワクを味わうことができるから。

夏を待ちわびる時期には、いつもある誓いをする。

「ワンダフルな恋をするぞ」と。

いつも誓っているあたり、すでに（大丈夫か……？）という雰囲気が漂っているけれど、わたしはどういうわけか夏に恋をしそびれることが多いのだ。夏直前まで好きな人がいたり恋人がいたりしても、夏前に見事終わりを迎える。そして放心状態で夏を過ごし、正気を取り戻した頃には秋。これがよくあるパターンなのだ。悲しい。

でもめげずに、今年２０１７年も誓いを立てた。ワンダフルな恋をするぞ、と。なぜなら夏は、何をしても許される季節なのだから！（「夏は何をしても許される」というのはわたしがよく言う言葉で、実際なにか許してほしいほどのことは毎年起こらないけれど、「好きになっちゃった。だって夏だもん」などと夏のせいにして、自分の心に素直になる恋をするぞ、と決めているのだ。毎年）。

＊

今年の夏、好きな人としたいことはもう決めている。

まず夜道の散歩。

好きな人とお酒を片手に持って、ぬるい夜道を歩きながら、子どもの頃の話をする。「小さい頃どんな子どもだった?」「お菓子はなにが好きだったの?」「学校からの帰り道、どんなことを考えていた?」質問をたくさんするわたしに彼は少し困ったように笑いながら「そんなこと聞かれたの初めてだよ」とか言う。あたりまえだ。誰も知らない彼をわたしが知るために質問しているのだから。

次は右に行ってみようかとか、今度はあっちかなとか、目的もなく歩きながらお酒を飲んで、だんだんと気持ちよくなってきたところで、会話が途切れる。そして目を合わせ、ふわっとしたキスをする。

彼の背中に手をまわせば、彼のTシャツは少し湿っていて「ごめん、汗かいてる」と彼がいい「夏だからね」とわたしは答えもう一度キスをする。我に返った彼が「ちょっと、こんなところでこんなことしていいの?」と聞き、わたしは答える。「夏だから、いいの」。

……これはもう毎年ランクインする、やりたいことナンバーワンだ。

それから、たこ焼きも食べたい。

たこ焼きは、映画館デートをした帰り道に発見して「なんかたこ焼き食べたくない？」と顔を合わせ「いいね～」とかニヤついて、1個ずつ買う。夜ごはんがたこ焼きだと、なんだか不真面目な感じがして心がのびのびする（わたしだけ？）。不真面目ついでに、思わずセットで〝ラムネ〟を買って、風通しのいいベンチで食べる。

ラムネを開けた途端、シュワシュワと炭酸が溢れて、わたしたちの手はすぐにベタベタになる。

「うわ、ベタベタ」

指先をぺろっとなめてしのごうとする彼にティッシュを渡し、ふたりで「食べ終わったらあそこのコンビニで手洗いしよ」とか言い合って、はふはふとたこ焼きを食べる。子どもみたいにベタついた指も、夏なら許される。ベタついた指先のせいで携帯が触れなくなってしまうのもいい。ふたりでたこ焼きを食べる夏らしい時間に邪魔者が入らなくていい。


そして、欠かせないのは、花火。

恋人の浴衣姿を見るのは昔からの夢だ。わたしは少し大人っぽい絵柄の浴衣を着て、彼は「お、そうきたか」とコメントする。「え、なに、だめかな?」と答えると、ふいっと前を向いて視線を逸らしたまま「良すぎる」と返答があり、最高のデートがはじまる。

彼は安っぽくない男物の浴衣を綺麗に着こなしている。決してやたらとはだけていたり、無駄に腰の低いところで帯を結んだりせず、きれいに、誠実な人柄がにじみ出るような着こなしをして立っている。

その首筋にツーッと流れていく汗のつぶを、指ですうっと拭えるほどにわたしは彼のことが好きで、何度も彼に見とれる（ちなみに、汗をかいている姿さえ愛せるというのはわたしにとって結構なポイント。昔、大好きだった人の汗を見て、それすら愛せる、と思ったことがある。そこからは、汗をかいている姿に対する感情は、惚れ度に関わると信じている）。

彼も何度もわたしを見ては「あーうれしいなぁ」などとつぶやく。どれだけ帯が苦しくても、どれだけ下駄が辛くても、この時間のためなら我慢できる。花火にまぎれて、軽くキスをして、その瞬間に周囲から「わ～きれい！」と声が上がる。見所の大きな花火を見逃したってぜんぜんかまわない。だって浴衣姿の彼がいるんだから。

そしておうちでは。

彼とお昼寝をしたい。朝からちょっとはしゃいだ日、15時ごろ家に帰ってきて、カバンを置くや否やシャワーを浴び、洗いたてのTシャツに短いズボンを履いて、これまた洗いたてのシーツの上にふたりで寝転がる。

「疲れたねぇ」「はしゃぎすぎたねぇ」と言い合いながら、窓を開けて涼しい風を体に感じながらウトウトする。眠りに落ちる直前で彼が、「暑い」と文句を漏らしながらもくっついてくるので「暑いなら離れたらいいじゃん」とちょっと冷たく答えると「そのまま離れちゃったら困るじゃん」などとよくわからない返答がある。何かを答えようとしたものの言葉にならず、そのままふたりで眠りに落ちていく。起きた時にはもう外はまっくら。

「寝すぎた」
「ほんとだ」
「どうする?」

そこからふたりで目を合わせて「そうだ、映画に行こう」と言う。そしてまた夏の夜道へと繰り出して行くのだ。

＊

……あぁ最高。書いていてよだれが出てきたくらいに最高。夏の恋って、どうしてこんなに素晴らしいんだろう。他の季節にする恋よりも湿度がある。どういえばいいかわからないけれど、とにかく記憶に張り付いてくるような重みがあるのだ。たいしたことをしていなくても。

って、思わず自分があたかも体験したかのような気分になってきたが、危ない、これらはすべて未体験の出来事。些細なことのように見えるのに、なぜか体験できていない。

ワンダフルな夏のために、そろそろ準備をしよう。梅雨にしっかりとズンと沈んでおくことや、たっぷり足元を濡らして不快な思いをしておくことも、夏への開放感のために欠かせない。

今年の夏こそは、ぜったいに。

わたしは意気込んでいる。

去年と同じように。

ブルーハワイ味のかき氷

夏が好きだ。

夏の楽しみ方はいろいろある。涼しくなった夜の散歩も最高だし、たこ焼きを買って帰るのもいい。


かき氷も好きだ。

わたしは普段は冷たいものはあまり食べず、アイスも年に数回しか食べないのだけれど、夏の蒸し暑い日に道端にポツンと立っているかき氷屋さんにはめっぽう弱い。

最近流行りのふわふわな氷でもなければ、マンゴー味といったおしゃれな味わいでもない。昔から親しみのある、赤と黄色と青のあのかき氷だ。

赤はいちご。黄色はレモン。青は不思議なブルーハワイ味。たまに豪華なお店だと、緑の「メロン」が追加される。赤い字で氷と書いてあるのれんが軒先でひらりとたなびいていると、夏をまっとうすべく「食べなければ」という使命感に駆られる。

かき氷を食べたい、と思う時こんな景色を思い浮かべる。

＊

うだるような暑さの中、彼とふたりで海浜公園へ向かって歩く。海は見えているのに、アスファルトの暑さが道のりを遠く感じさせ、海は全然近づいてこない。

「暑いね」

「からだ溶けそう」

ふたりでこのセリフを延々と使い回し、年上の彼の首筋に流れる汗を指でなぞる。

「汗だ」

わかりきったことを告げると「うん、汗だね」と困ったように笑われる。その呆れ笑いが胸をくすぐり、少し彼を困らせたいと思ってしまう。

そんな時に目に入る赤い「氷」の字。風にはたはたと靡《なび》き、青い空の下で何かにエールを送っているように見える。もしや、それはわたしたちへのエール？

見向きもせずに海を目指している彼のTシャツの裾をツンとひっぱり、不思議そうに振り返ったタイミングで静かにのれんを指差し「夏を食べよう」と笑いかける。

「え？ かき氷？ 食べたいの？」

なんだかお父さんのような口調で驚かれ、急に小さな子どもになった気持ちで「食べたい！」とはしゃいでみせる。

彼は「へぇ、珍しい」と相変わらずの困り笑顔を披露し「何味？」と聞く。

「ブルーハワイ」

「……ブルーハワイね」

ふたりして夏にならないと呼ぶことのない名前を唱え、おじいさんがひとりでやっているそのお店でかき氷を注文する。

「いらっしゃい！　さんびゃくえん」

おじいさんは一息にその言葉を唱え、彼はチャリンと300円を渡す。

ガリガリガリと氷を削る古い機械の下で、ペンギンが書かれた簡易カップに氷がサクサクと盛られて積み重なっていく。途中何度かおじいさんの指にもこぼれ落ちたが、それらはしみ込むように一瞬で溶けていく。

シロップを指差し「はい、好きなだけかけて」とだけ告げておじいさんは視線をそらす。その無骨な対応さえ夏の暑さにはちょうどよい。

「たっぷりかけよう」と言い合って青い液体をかける。シロップを持ち上げると、指がベタついたが気にしなかった。


「うれしい」

ザクザクと氷を鳴らし、一口いただく。


ふわふわの氷でもなければ、味も繊細ではない。なんとも言えない子どもっぽい夏の味が舌の上ではしゃいで消える。

「おいしい?」と彼が聞くので、答えずに先が丸くスプーン状になったシマシマのストローで氷をすくい「はい」と差し出す。「お、久しぶりだ」と彼の顔がほころぶ。

「あ、ブルーハワイだ」

「ね、ブルーハワイだね」


おいしくも不味くもない。単にブルーハワイ味なのだ。

何度か食べさせられたり食べさせたりしているうちに不意に思いつき「べーしてみて」と言い、ふたりで青く変わった舌を見せ合いっこして笑いあう。

「こういうの悪くない」

年上の彼がちょっと子どもっぽい顔で笑う。その顔に胸が跳ね、照れ隠しに「ほら、もっと食べて」とかき氷をすくって差し出した手が揺れ、サンダルを履いた彼の足の上に氷が落ちてしまう。

「つめたっ」

「ごめん」

謝りながらも子どものようにいたずらに笑ってしまう。舌が青くなるほどのかき氷なのに、足の甲に落ちたそれはほとんど透明だった。

「海で洗うしかないな」

彼がなんだか嬉しそうにそう言った時、氷がすべて溶け青の液体がカップの中でたぷんと波打つ時、すぐそばにはもう海が広がっている。

＊

……こんな景色が「かき氷」の音の中に広がっているような気がするのだ。今年はまだ「ブルーハワイ味」は食べていないけれど、年上の彼と一緒に食べられたらいいな、と思う。もっとも、彼ができれば、の話だけれど。

秋に似合う恋

夏は恋の季節だと思っているのだけれど、秋だって負けていない。

秋には、静かに水面下でじわじわと温まっていくような恋が似合う。それでいて秋風がぶわっと吹いた瞬間に落ち葉が舞い上がる時のように、または秋の天気が一瞬で変わってしまうように、「あっ」と声を漏らすような展開があるといい。

こういうことが起これはいいのに、と思っている出会いのシチュエーションに「行きつけのカフェでの出会い」がある。

カフェで働いている男の人は、エプロンとシャツ姿のせいか清潔感があって落ち着いた人柄に見える。本物の二割増し、いや三割増しで爽やかに見えるあの姿は、控えめに言ってもずるい。そんな彼らが客であるこちらに声をかけてくる、というのが憧れなのだ。

けれど、根本的な問題としてわたしには「行きつけのカフェ」というものがない。

わたしはどうにも「店員に顔を覚えられる」というシチュエーションが苦手で、店員が「あ、この前も来てくれましたよね」なんて言おうものなら「もう行くのはやめよう」とすら思ってしまい、同じカフェに行き続けることができない。なぜこうも天邪鬼なのか自分でもわからない。

それでも（いや、もしかすると〝だから〟）「行きつけのカフェ」でこんなシチュエーションが起きればいいのに、とよく思う。

＊

「いらっしゃいませ」と声をかけてくれたのはいつもの男性店員だった。目が合うと、「あ」と小さく声を漏らして、いつもどおり優しい笑顔を見せてくれた。明らかに年下、わたしより4～5歳は若く見える。ゆるくかけられたパーマに、エプロンがよく似合う。指は細く、骨ばっている。

「カフェラテください。ホットで」

毎回同じものを頼むけれど、毎回きちんと注文する。

行きつけの店を作るのは苦手だった。

生活パターンを知られることに、嫌悪感を抱くのだ。たとえば「先週は来なかったですね」とか「あれ、今日はカフェラテじゃないんですか」なんて言われようものならもう二度とその店に行くのはやめよう、と思ってしまう。

溢れかえっている人間のひとりとして何にも気を遣わずくつろいだ気持ちで店に行きたいのに、認識されてしまった途端、わたしと彼らは紐付いてしまう。それがひどく息苦しく、苦手だ。

その点。このカフェの店員は、「いつものでいいですか」などと馴れ馴れしくしてこない。わたしのことを覚えているらしいこの店員も、決して踏み込んでこない距離感で、心地よく微笑んでくれる。もしも彼が馴れ馴れしく話しかけて来ようものなら、この店に来るのをやめてしまっていたかもしれない。

いつも通り「ありがとう」と微笑んでカフェラテを受け取り、いつもの窓際の席につき、持ってきた文庫本を広げる。

休日にこのカフェを訪れる機会が増えたのは居心地の良さだけではない。率直に言えば、この男性のことが気になっていた。だいぶ年下のようだし、特に何か強い感情があるわけではなかったけれど、なぜだか気になる。

休日に近所のカフェに行くだけなのに、彼に一度「おつかれさまです」と微笑まれてからというもの、服装にやたらと気を使うようになった。どうせ見てるわけないけど、と自分で呆れながらも、先週と違う服を着ようとどこか気にしている自分がいる。

こんなの、「行きつけのカフェ」で「顔を覚えられるのが嫌」なのに、おかしいと自分でも思っている。

それでも、本を読むのに飽きて本越しにちらりと彼を覗《のぞ》いて目が合うと、心がふんわり華やぐ。彼は小さく会釈をしてくれて、こちらも小さく会釈をし返す。それ以上のことは何もない。そのままもう4ヶ月が経とうとしていた。

その日も彼に注文をし、何度か本から目を離して文庫本越しにレジを覗いてみたけれど、彼は居なかった。その後何度も目をやったけれど、彼の姿はなく、代わりに背の低い男性がレジに立っていた。

あれおかしいな、いつもいるのにな……もしかしてシフト変わったのかな……。文庫本を持ったまま本に集中できずにいると、「何読んでるんですか？」と声をかけられた。

びっくりして声の方をみると、いつのまにか隣のテーブルを拭きに、彼がすぐ近くまで来ていた。

まくられた白いシャツの袖から、細いながらも筋張った腕が見える。テーブルに添えられた手には血管が浮き上がり、首筋に小さなほくろがあるのも初めて見つけた。それにしても話しかけてくるなんて。

「初めて話しかけられた……」と思わず質問の答えにならない言葉が口をついて出たその瞬間、しまったと思った。あまり彼との距離を近づけたくなかった。パーソナルな答え方をしてしまったことをちょっと悔やんだ。

けれどこちらの意図に反して、彼は「いつも声かけたかったんですけど、迷惑かもしれないなって」と言う。その目が機嫌をとるような上目遣いであることに気づくと、返事の代わりに胸がトクンと呼応した。話しかけられたくないこと、わかってくれていたんだ。

近くで見ると、思っていたよりも大人っぽい。再び目が合い、彼がつばをごくりと飲み込む喉が目に入った。

遠くで「すみません」とお客さんが声をあげて彼を呼んだ。

彼は「はい、少々お待ちください」と大きな声で答えると、「僕、行かなくちゃ」と小さく、そして親密な含みをもたせた声で告げてくる。そうか、この彼の、一人称は、僕。

「あの、また来週も来てくれますか?」と彼は聞く。飛び跳ねそうな気持ちをぐっとこらえて、努めてよそよそしく「ええ、多分」とよそ行きの笑顔で微笑んでみせたけれど、その笑顔に嬉しさが滲《にじ》み出てしまったのではないか、と頭の中で邪念がよぎる。

「よかった」とふわりと微笑んだ彼は、最後に「あの、これ」とポケットから何かを取り出してわたしの目の前にパタンと置いて、すぐにお客さんの元へと向かった。

初めての会話、血管、首すじ、話しかけたかった、僕行かなくちゃ、来週も来てくれますか……。何かの音がうるさい、と思ったら、自分の心臓の音だった。

それに先ほどから、あるものから目が離れない。

机の上には、LINEのIDがかかれた紙のコースターが置かれていた。今時珍しく、電話番号も添えられていた。「ずっと気になっていました」という言葉付きで。

それを置いていった彼の手が震えていたことが、やたらと印象に残った。コースターに手を伸ばせないでいる。自分の手も同じように震えていることを知っていたから。

店員に顔を覚えられるのは嫌いだった。

来週、会いに来るべきか。今週いっぱいずっと頭を悩ませることになりそうだ。

＊

……と、こんな風に秋の天気のような急な展開に揺さぶられてみたい。今までの自分では起こりえなかった展開と選択肢に戸惑い、浮き立ち、それでもあくまで表面的には静かに、恋を進めてみたい。

そろそろイチョウの落ち葉が風に吹かれて舞い上がる時季がくる。秋に似合う恋が、今年こそ訪れたらいいのだけれど。

クリスマスディナーへの希望

早くも世間がクリスマスムードになってきた。イルミネーションは街のあちこちできらめいているし、お店ではクリスマスソングが流れている。陳列されたスノードームの中ではサンタが微笑みながら、目の前を行き交う恋人たちを見ている。

今年（2016年）のクリスマスは、3連休らしい。恋人たちはさぞかし喜んでいることだろう（他人事感がにじみ出ているのは気のせいではないです）。

わたし自身は、実はあまりイベントごとが得意ではない。ハロウィンでコスプレをして街に繰り出したこともないし、花見にわざわざでかけることもあまりない。クリスマスも同様で、「クリスマスだから◯◯しよう！」と前々からはしゃいで計画を立てるような性格ではなく、割と淡々としている。まぁせっかくだし、ちょっとおいしいもの食べたいかな……という程度。

けれど、ここまで街がクリスマスを推してくるなら、理想のクリスマスディナーについてちょっと考えてみたくもなった。

本当は彼のサプライズで、イルミネーションを見に行ってそのままちょっとおしゃれなディナーに行って、そこで「はい、クリスマスプレゼント」って微笑んでネックレスを渡してくれるようなシチュエーションに憧れてはいるけれど、今時そんな風に完璧に女の子をエスコートしてくれる男性は少ない。

クリスマス直前になって「クリスマスどうしよっか」というＬＩＮＥが来る……これがよくある展開な気がする。きっと女の子も、今さら旅行とか言っても無理だし、とかなんとか思いながら「おうちで過ごそっか〜」とか「ちょっといいもの食べに行こっか～」とか答えるんだろう。

それに対して男性側は、特になにも考えず「じゃーそうしよー！」とかのんきに答えて、クリスマスがやってくる。彼は職場の近くのおいしいと評判のケーキ屋でケーキを買って、彼女がハンバーグを作って、お酒を一緒に飲んで、クリスマスプレゼントを交換しあって夜を迎える。

……よくありそうな展開。

悪くない。全然悪くないけど、今回はこういう結論にさせてほしい。

クリスマスディナーは、彼の手作りごはんでお願いします。

料理を人に振る舞うというのは、結構勇気のいることだ。

あまり料理を作らない男性であればなおさら勇気が必要だろう。けれど、普段料理をしていなければしていないほど、このクリスマスディナーの価値も上がる。

なぜ「手作りごはん」がいいのか、という問いだけれど、わたしは常々プレゼントが嬉しい理由は〝時間〟をくれたこと、が大きいと思っている。
1万円渡されて好きなもの買っておいでよ、と言われるよりも、「これ、気にいるといいんだけど」と5000円のプレゼントでももらった方が嬉しい。自分のことを思いながらプレゼント選んでくれたその〝時間〟こそが価値を持つのだと思っている。

料理は、食べてもらうまでにもいろいろな過程がある。手馴れていないなら、まずはレシピをチェックするだろうし、買い物にも行くと思う。そこで散々「こっちとこっち何が違うの……」とか悩みながら購入して、料理を作っていく。「おいしいかな」とかいちいち緊張しながら作るのは、高級ディナーに連れて行くよりも何倍も時間がかかる。だから、受け取った相手の嬉しさも何倍にも膨れあがる（と、わたしは思う）。

料理が「おいしい」かどうかはそんなに問題じゃない。「料理を作ったその気持ちと時間」があれば、百点満点だ。

作るものは、凝ったものでなくていい。ビーフストロガノフとか、七面鳥の丸焼きとか、気合いを入れる必要は全くない。

いや、むしろ「やたらと凝る」のはやめたほうがいい。「これ、いつ使うの……」というようなスパイスをやたらと買ったり、聞いたこともない野菜を買いに、普段行かないスーパーまで出向いて材料を準備したりしなくていい。料理のために買ったであろう、ほとんどお目にかからない食材を残されたところで、彼女は困ってしまうだけだから。

できるだけ、見たことのある食材と聞いたことのある調味料だけで作れるものを探せばいい。

作るのは、簡単なパスタでいいんじゃないか。トマトソースの、シンプルなやつ。

＊

いつもよりちょっと早めに帰って、深緑のニットにスキニーでも履いて「おかえり」って微笑んであげるところから始めて欲しい（服装はただのわたしの好みです）。

「なんかいい匂いする～」と、いつもは自分がいうセリフを彼女が言う。「順調ー？」と、体を寄せてニコニコと確認する。

「なんとか、ね」と微笑み返し、「これ持って行って」とサラダが入った器でも渡してあげるといいと思う。

いつも料理をしている彼女なら、一品以上作るのは結構手間だってことをきちんとわかってくれるだろうから、パスタの他にぜひとももう一品は用意してあげてほしい。それがサラダであってもなんの問題もない。

「えっ、サラダもあるの!?」

多分わたしだったらこう答えて、「じゃあ、わたしスープでも作るよ」とかなんとか言って、隣で一緒にごはんを作り始めると思う。ふたりでキッチンに立って、ふたりでこれから食べるごはんを一緒に作る。

そうしてふたりで食卓の用意をして、一緒に「いただきます」をする。

「おいしい？」

「ん！　おいしい！」

ほら、たったこれだけだけど、なんだかとても「いい」気がしてきた。むしろ、高級ディナーよりもこれがいい。ついでにプレゼントもくれて、お手紙なんて書いてくれてたら、もう泣くと思う。ＯＨ・ジーザス、ワンダフルホーリーナイトをセンキューソーマッチ間違いなし。

＊

……ここまで書いて、これを読んだカップルが「今年のクリスマスは、僕が料理作る」と言い出す展開について考えてみたら、猛烈に嬉しくなった。

これを読んでいる（クリスマスの予定をまだ立てていないことに気づいた）男性諸君は、ぜひとも彼女にごはんを作ってあげて欲しい。

ちょっと早いけれど、みんながいいクリスマスを迎えられますように。わたしは、スノードームの中のサンタのごとく微笑みながら、カップルを見つめておきます。

冬こそ食べたいしあわせの味

大人になって、「しあわせだな」と思う瞬間が増えた。もし「わたしは逆にしあわせを感じにくくなっている」と思う人がいるなら、それはしあわせに麻痺《まひ》しているのではないかと思う。

幼い頃と比べて、自由度はぐんと高まった。好きなお菓子は親にねだらなくても買えるし、好きなごはんを食べられるお金も昔よりはある。好きな時に出かけられるし、好きな人と一緒にいられる。

しあわせなことが積み重なりすぎて当たり前になって。些細な「しあわせ」を見失っているのだと思う。

ちょっといい話風に始めてみたけれど、このエッセイは「食と恋」をテーマにしたもの。今回は身近にある〃冬の贅沢な食〃について、ちょっと見つめ直したい。


「初雪が降ったじゃないですか」

先日、エッセイの編集者さんから連絡がきた。

「初雪の寒さに絡めて、食と恋の話ってどうですか？」

初雪と……、食と恋……。

「むずかしいですよぉ」と言おうとして、ハッと思い浮かんだ。

冬、初雪が降るような寒い日だからこそ「贅沢」に感じられる食がある。

アイス、だ。


寒い時期に冷たいものを？ なんて一昔前には言われたかもしれないけれど、最近はそういうことを言う人も減った。コンビニのアイスゾーンには〃冬限定商品〃が多く並んでいる。

よく売れる理由はおそらく簡単で、昔よりも冬の室内があたたかくて快適だからだろう。夏のうだるような暑さではシャーベットとかかき氷とか、そういう爽やかなものが欲しくなるから、まったりとしたアイスは冬にこそ食べるべきじゃないか、という気さえする。それに寒いと〝糖分〟が欲しくなる。

アイスは冬にこそよく売れるらしいから、たぶん多くの人が「しあわせの味」「冬の贅沢」としてアイスを挙げることに共感してくれるような気がする。

もちろんひとりで味わってもしあわせなのだけれど、一番贅沢だと思う頂き方はこれだ。

＊

「ちょっと暑い」と言いたくなるほどにあたためた部屋で、部屋着を着て、前髪をアップにして年末年始の実家さながらリラックスモードになる。化粧はもちろん落としていて、張り付いたようなよそゆき笑顔はすべて取り払う。

彼と一緒にストーブの前に座って「ちょっと暑い」と腕まくりしていると、

窓の外に雪がちらつき始める。

「わ、雪だよ、見て」「うわ、寒そう」とふたりで話し、その直後にいたずらな顔でこう持ちかけるのだ。

「ね、アイス食べよっか」

共犯者のような顔をしてふたりで頷《うなず》いて、冷凍庫からアイスを取り出す。
理想は、クッキーアンドクリーム味。まろやかで、甘くて、ほろにがくて。冬に食べるのにちょうどいい〝重み〟があると思うから。

もう一度ストーブの前に座って、ブランケットを膝にかけて、アイスを食べる。

「…甘い」

「ね」

「…冷たい」

「ね」

「…おいしい」

「ね」

と、何にもならない会話を交わし、目だけで微笑みあってアイスよりも甘ったるい空気を作る。

寒い日にすっぴん姿で、彼とストーブの前で食べるクッキーアンドクリーム。たったそれだけ。たったそれだけあれば、至極贅沢でしあわせだと思う。


寒い時期にはあたたかなものを、暑い時期にはつめたいものを、という人間の欲求に相反するものを摂取している時のあの感覚は、〝贅沢〟以外の表現の仕方ができない。

冬のアイスは、しあわせの味がする。特別ではないけれど、普段の生活を少しだけ甘いものにしてくれるような。

今日も木枯らしが強く吹く、寒い日。
あとでアイスを買いに行ってしあわせの味であたたまろうと思う。
いつか隣で恋人が笑ってくれる日を夢みながら。

おわりに

1年を通じて、たくさんの物語をこの連載で書いてきた。そのなかには、実際の思い出もあれば、起こるといいなという理想の展開、それから見たことのない誰かの日常を想像して書いたものもある。それらが一冊の本としてまとまって、今みなさんの手元にあることは、素直にとても嬉しい。

一番人気だったのが、書籍タイトルにもなっている「口説き文句は決めている」だ。あの友人には、まだこの書籍の話はしていない（ちょっと恥ずかしくてできない）。意外とわたしにも「食と恋」にまつわる思い出があったことにホッとした。「わたしにはそんなものはない」と思っている人たちにも、きっとなにか、思い出があるはずなのだ。

そう思って、この書籍を発売するにあたってわたしの母に、「〝食と恋〟と聞いて思い出せるお母さんのエピソードってなに？」と質問をするとこう返ってきた。

「恋っていうか、お父さんとの話でもいい？」

お、いいぞ、大歓迎だ。父と母とのほっこりエピソードが聞けると思い、邪な心で腕まくりをする。

「わたしがつわりの時ね、テレビドラマで〝男女七人夏物語〟をやってたの。そこで、焼きそばを作るシーンがあって。つわりで気分が悪くて全然ご飯が食べられなかったのに、『どうしても、焼きそばが食べたい！』って気持ちでいっぱいになって。『ねえ、焼きそばが食べたい』って言ったんだけど、当時はまだコンビニもないでしょ。だから『そんなこと言ってもしょうがないだろ』って一蹴されたのよ。そのあとアイスを食べるシーンがでてきて、今度はアイスが食べたくなって。『アイス食べたい』ってお願いしたんだけど、『今言っても、しょうがない』って言われてね。買ってもくれない、作ってもくれない、なぐさめてもくれない。わたし今でもそれを恨んでてね〜」

……あれ、全然いい話じゃ、ない。それどころか、二十数年越しの恨み節。

「ちょっと。いい話、ないの？」と笑うと、母は一生懸命「父が美味しい天ぷらに連れて行ってくれた話」なんかもしてくれたけれど、この話以上に面白い話は出てこず、「食と恋の思い出なんてないわね」と締めくくった。

母にとって「食と恋」と聞いて一番に思い出したのが父への恨み節であることは（父にはちょっぴり申し訳ないが）それはそれで母という人間において外すことのできない記憶なのだろう（恋なのか？という疑問があるが、そのワードで思い出した話なのだから恋と認定しよう）。

「食と恋」の思い出は、いいこともわるいことも含めて、ずっと人の記憶に残るものなのだ。たとえ忘れたいと思っても忘れることもできず、覚えておきたいと思った幸せな記憶も日常にまみれて忘れてしまうこともある。

何気なく過ごしていれば食も恋も、あっという間に過ぎ去ってしまう。あまりにもわたしたちの身近にあるものだから。見つめ直し、思い出して、味わえば、また違う楽しみもあるかもしれない。

食と恋。

もう一度その言葉を聞いて、今、何を思い浮かべるでしょうか。大事な思い出と、これから起こるであろう展開に思いを馳せるきっかけとなれますように。

最後に、編集の鈴木さんと、装幀担当の鈴木さん。お話をくれた仲島さん、1年連載を担当してくれた花沢さん、イラストを担当してくださったsayuri nishikuboさん。そしてアマノフーズのみなさんに感謝を込めて。

夏生さえり

夏生さえり（なつお・さえり）

山口県生まれ。フリーライター。大学卒業後、出版社に入社。その後はWeb編集者として勤務し、2016年4月に独立。Twitterの恋愛妄想ツイートが話題となり、フォロワー数は合計15万人を突破（月間閲覧数1500万回以上）。難しいことをやわらかくすること、人の心の動きを描きだすこと、何気ない日常にストーリーを生み出すことが得意。好きなものは、雨とやわらかい言葉とあたたかな紅茶。著書に『今日は、自分を甘やかす』（ディスカヴァー・トゥエンティワン）。共著に『今年の春は、とびきり素敵な春にするってさっき決めた』（PHP研究所）。

口説《くど》き文句《もんく》は決《き》めている

2017年8月9日　初版発行

著者　夏生さえり

装幀　鈴木由美（RIDE MEDIA&DESIGN）
編集協力　仲島ちひろ、花沢亜衣（RIDE MEDIA&DESIGN）
カバーイラスト　sayuri nishikubo

販売部　今清和
デザイン室　樽見純
編集人　鈴木収春
発行人　石山健三

発行所　クラーケン
〒101-0064 東京都千代田区猿楽町2-1-14 A&Xビル4F
TEL　03-5259-5376
URL　http://krakenbooks.net
E-MAIL　info@krakenbooks.net
印刷・製本　モリモト印刷株式会社

ISBN 978-4-909313-00-3